80%논픽션 1950년 빨간완장

80%논픽션

1950년

빨간완장

소웅 지음

도서출판 한글

빨간완장

2020년 3월 25일 1판 인쇄

2020년 3월 28일 1판 발행

저 자 소 웅
발행자 심혁창
마케팅 정기영 곽기태

펴낸곳 도서출판 한글

우편 04116
서울특별시 마포구 신촌로 270(아현동)
수창빌딩 903호

☎ 02-363-0301 / FAX 362-8635
E-mail : simsazang@hanmail.net
창   업 1980. 2. 20.
이전신고 제2018-000182

* 파본은 교환해 드립니다
* 정가 9,000원

ISBN 97889-7073-574-0-13810

이 도서의 국립중앙도서관 출판예정도서목록(CIP)은 서지
정보유통지원시스템 홈페이지(http://seoji.nl.go.kr)와 국가
자료종합목록 구축시스템(http://kolis-net.nl.go.kr)에서 이
용하실 수 있습니다. (CIP제어번호 : CIP2020010786

머리말

1940년대 우리는 일제 치하에서 시달리며 굶주렸고 1950년대는 6.25전쟁으로 인하여 심한 고초를 겪었습니다. 50년대 한국 지엔피는 76불, 죽지 못해 초근목피로 살았다고 젊은이들한테 이야기해도 믿어주지 않습니다.

2020년대 3만 불의 나라에 사는 젊은이들이 듣기에는 1950대 이야기가 거짓말처럼 들릴 수밖에 없기 때문입니다.

필자는 표지에 80%논픽션에 20%픽션임을 밝혔습니다. 지금까지 어떤 책도 내용을 비율로 밝힌 예는 없는 것으로 압니다. 80%논픽션은 물론, 20%픽션도 사실이지만 차마 다 밝힐 수 없어서 픽션이라고 마무리한 것입니다. 내용을 보시면 필자의 고충을 이해하시리라 믿습니다.

6.25의 참상을 1938년생과 1942년생들(5년간 출생자)이 하지 않으면 체험한 사실을 증언을 할 사람들이 없어집니다. 그래서 필자의 체험을 기록으로 남기는 것입니다.

붙임 : 나는 1940년 1월 9일(주민등록은 1942.10.17) 경기도 안성시 양성면 방축리468번지에서 출생했고, 아버지는 1920년 8월 29일 방축리 488번지 출생으로 2020년이 탄생 100주년이 되는 해입니다. 이 글은 1920년으로부터 1938년 사이의 국민들이 겪은 이야기로 나보다 윗사람들은 다 돌아가시고 이 책에 등장하는 어른들도 세상에 안 계시고 나만 남아 81세 88한 기개로 동화를 열심히 쓰

고 있습니다. 내가 아니면 내 고향 산골에서 일어났던 이야기를 아무도 증언할 사람이 없습니다. 저자 소웅(笑熊)은 저의 닉네임 웃는곰의 한자입니다.

앞으로 100년 뒤에 이 책이 세상에 몇 권이나 남을 수 있을까 생각하면 70년도 못 되어 흔적도 없이 사라지리라 생각하며 무한한 시간과 영원히 뒤를 이어 태어날 낯선 후세들 앞에 겸손히 머리를 숙입니다.

그래서 이런 시형식의 진실한 소원을 썼습니다. 그랬더니 문학단체에서 액자와 족자로 만들어 지하철역에 당분간 게시했었습니다. 전쟁의 고통을 겪으며 살았던 사람으로 후세에게 주고 싶은 말입니다. 참고로 족자와 액자 사진을 남깁니다.

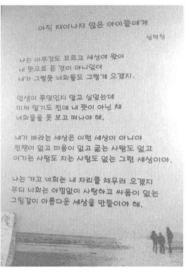

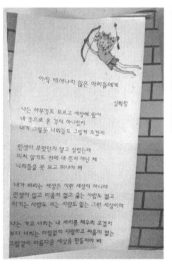

목차

1950년 6.25
공산치하의 공포

6.25 북한군 남침

1950년 6월 25일 새벽 멀리서 천둥 같은 소리가 쿵쿵
하고 들려오기 시작했습니다.

심한 가뭄에 시달리는 농부들은 그 소리가 천둥소리로
알고 어딘가 멀리서 비가 오고 있나 보다고 생각하고 비
오기를 기대하고 있었습니다.

그러나 구름 한 점 없는 하늘에서 그 소리는 하루 종일
들려오고 다음 날은 더 크게 들려왔습니다. 산골 동네에서

는 그게 무슨 소리인지 알지 못했습니다. 그런 소리가 나고 삼 일째 되는 날 낯선 사람들이 보따리를 이고 메고 동네로 몰려들었습니다.

그제야 사람들은 북한에서 전쟁을 일으켰다는 소식을 들었습니다. 전쟁이라는 말에 사람들은 놀라 일손을 놓고 여기저기 모여 웅성거렸습니다.

"전쟁이 났다네."

"김일성이가 쳐들어왔다는 거야."

"서울 쪽에 사는 사람들이 이리로 피란을 오고 있는데 우리는 어디로 피란을 간단 말인가?"

포격 소리는 북쪽에서만 나는 게 아니었습니다. 사방에서 울려 퍼지고 사람들은 불안에 떨기 시작했습니다. 피란민이 동네 앞을 지나 어디론가 줄을 지어 가는가 하면 어떤 사람들은 동네 사랑방을 빌려 보따리를 풀었습니다.

그리고 며칠 안 가서 학교에는 휴교령이 내렸습니다. 그뿐 아니라 찬우 담임선생님도 수미 담임선생님도 군대에 나갔다는 소문이 들릴 뿐 학교문은 잠겼습니다.

동네에서 열일곱 살이 넘은 형들은 군대에 가야 한다고 동네를 떠났습니다. 학교를 가지 못하게 되고 며칠 뒤입니다. 수미가 찬우를 만나 울상이 되어 말했습니다.

"오빠, 우리 집은 피란을 간다는데 오빠네는 어떻게 한대?"

"우리는 못 가."

"왜?"

"우리는 어린 동생들이 많아서 갈 수가 없어."

수미가 걱정스럽게 말했습니다.

"오빠네는 어떡하지? 우리는 부산 작은아버지 댁으로 피란을 간다는데……."

"······."

"난 피란 가기 싫어."

"어른들이 가신다고 하면 가야 해."

"난 오빠도 못 보잖아?"

"피란 갔다가 돌아오면 보게 될 거야."

"난 몰라. 난 안 가고 싶은데······."

다음 날입니다. 동네 사람들은 보따리를 싸서 이고 지고 피란을 떠나기 시작했습니다. 집집마다 마당을 파고 그 속에다 쌀과 김치, 반찬, 옷 등을 묻고 그 위에 다른 짚단 등을 얹어 놓아 남이 모르게 해놓고 집을 떠났습니다.

수미네도 잿간에다 소중한 것들을 묻어 놓고 재를 덮은 다음 짐을 꾸리고 길을 떠났습니다. 수미는 가기 싫다고 하다가 어른들한테 꾸지람을 듣고 눈물을 흘리며 우마차에 올랐습니다.

찬우는 수미가 소달구지에 실린 짐 꾸러미 위에 타고 가며 눈물을 흘리는 것을 한없이 바라보았습니다.

'수미야 잘 가, 전쟁 끝나면 돌아와……'

찬우는 수미네가 멀리 보이지 않을 때까지 바라보고 서서 속으로 울었습니다.

그리고 얼마 전 소나기를 맞으며 원두막에 올랐던 일들을 떠올렸습니다.

소나기 오던 날

수미하고 학교에 서 돌아오는 길이었습니다.

서쪽에 해는 아직 많이 남았는데 구름이 밀려오며 비가 쏟아지기 시작했습니다. 찬우는 수미 손을 잡고 비어있는 원두막을 향해 달렸습니다.

젖은 옷을 입고 있으면서 비를 피해 달리는 것은 머리에 비 맞기가 싫어서이고 책보 젖는 게 더 걱정이 되어서였습니다.

둘이 원두막에 도착했을 때 비는 더욱 세차게 퍼부었습니다. 찬우는 원두막 사다리를 타고 올라가 수미 손을 잡아 올렸습니다.

책보를 원두막 천장에 높이 달아매 놓고 바닥에 깔린 멍석위에 앉았습니다.

바람에 비가 들이쳐 둘이 한가운데로 붙어 앉았습니다. 그러나 바람이 칠 때마다 빗줄기가 두 사람을 훑고 지나갔습니다.

"오빠, 춥다, 그지?"

"그렇게 춥니?"

"응, 많이."

수미는 참새처럼 움츠리고 찬우 가슴을 파고들었습니다. 비에 젖은 수미 얼굴에 물 흐르는 머리 몇 가닥이 이마 위로 흘러 내렸습니다. 추워서 입술은 새파란데 눈빛만은 샛

별처럼 반짝거렸습니다. 비에 젖은 눈빛은 밤하늘 멀리 보이던 별빛처럼 찬우 가슴에 박혔습니다.

'이렇게 예쁜 얼굴이 세상에 또 있을까?'

하얗고 귀여운 얼굴이 찬우 가슴에서 떨고 있었습니다.

찬우는 가만히 비가 들이치는 수미의 등을 감싸고 안타까운 마음으로 비가 그치기를 기다렸습니다. 수미가 가슴에서 얼굴을 살짝 들고 말했습니다.

"오빠, 가슴이 따뜻하다. 안 춰?"

찬우도 추었지만 안 그런 척했습니다.

"아니."

"남자라 그렇지?"

"그럼."

"춥지만 재미있다. 그렇지 오빠?"

"몰라."

"오빠. 나 누구한테 시집가고 싶은지 알아?"

"……."

"맞춰 봐."

"뭘?"

"나 오빠하고 결혼할래!"

"그런 말 하는 거 아냐."

"왜? 오빠는 나 싫어?"

"그런 말 하면 나쁜 사람이야, 쪼그만 게."

"난 오빠가 업어줄 때가 가장 좋아. 날마다 냇물을 건네
주는 오빠 때문에 학교 가기 싫은 날도 학교 간다."

다락속의 공포

수미네가 피란을 떠나 후 동네 사람들이 사람 취급도 하지 않던 조가였는데 면사무소에서 인민교육을 받고 돌아와 총을 멘 인민군과 한 조가 되어 이 집 저 집 돌아다니며 젊은 사람을 찾아내어 인민군대로 끌어갔습니다.

그 조가가 총을 멘 인민군과 함께 찬우네 집으로 오고 있었습니다.

찬우 아버지는 아들을 다락 속으로 올리고 따라 올라 문을 꽉 잠갔습니다.

찬우 아버지는 그렇게 찬우를 데리고 구석방 다락에 숨었습니다. 찬우는 아버지가 생각보다 겁쟁이라고 생각했습니다. 세상에서 가장 세고 멋진 아버지로 생각했는데 찬우를 안고 벌벌 떨었습니다. 찬우가 물었습니다.

"아부지, 그렇게 무서워?"

찬우 아버지는 찬우 입을 막으면서 눈짓을 했습니다.

빨간 완장을 자랑하듯 내보이며 조가가 부엌에 있는 엄마한테 반말로 물었습니다.

"○○이 어디 갔어?"

전에는 찬우 아버지 어머니한테 마님이라고 굽실거리던 사람이 갑자기 반말을 하자 어머니가 볼멘소리로 대답했습니다.

"텃고개 누님이 아프다고 약 지어 가지고 갔네."

"언제 와?"

어머니는 화난 음성으로.

"왜 반말이여?"

"왜 반말이냐고? 지금 세상이 어떻게 바뀐 걸 몰라서 물어? 이 팔에 빨간 완장 안 보여? ○○이 언제 오느냐고?"

"내가 알어?"

"오는 대로 보고해. 안 하면 반동분자 이름에 올릴 거여."

조가가 자리를 떴습니다. 아버지는 웅크린 채 주먹을 부르르 떨었지만 겁먹은 얼굴이었습니다. 찬우가 물었습니다.

"난 무서웠어, 아버지도 무서웠어?"

찬우 아버지는 그냥 고개만 끄덕였습니다. 찬우한테는 강하고 기둥 같은 아버지가 갑자기 작고 초라하게 보였습니다.

　찬우 아버지는 화난 얼굴로 주먹을 불끈 쥐고 한 마디를

내뱉었습니다.

　"저런 상놈의 자식이!"

인민군 동대장

조가는 모자를 눌러 쓰고 팔에 빨갛고 넓은 완장을 차고 온 동네를 휘젓고 다니면서 집집마다 뒤졌습니다. 그러자 조가를 이상하게 생각한 동네 아주머니가 물었습니다.

"이봐, 조가 어떻게 된 거야?"

어제까지만 해도 동네 사람이 '조가야' 하고 부르면 네네 하던 그 사람이 눈을 부라리며 큰소리로 윽박질렀습니다.

"뭐야? 조가? 내가 날마다 조가인 줄 알아? 건방지게 말

버릇이 그게 뭐야. 난 이제 너 같은 것들이 부르는 조가가 아니란 말야! 세상이 바뀐 줄을 알아야지. 내가 이 마을 담당 대장이란 말야. 말조심해!"

조가는 아주 기세가 등등해 가지고 동네 사람을 깔보고 반말질을 했고 아주머니들은 놀라서 조가가 나타나면 입을 비쭉거리며 숨었습니다.

조가는 마을 교회로 가서 청소하는 집사를 향해 소리쳤습니다.

"야, 오가야, 장로 놈 어디 있냐?"

며칠 전만 해도 오 집사님이라고 깍듯이 머리를 숙이고 굽실거리던 조가가 갑자기 오가야 하고 반말하는 소리를 들은 오 집사는 어이가 없어서 큰소리로 꾸짖었습니다.

"뭐야? 오가야라고?"

조가가 기세등등하게 대답했습니다.

"그래, 오가라고 했다. 어쩔래, 이 병신아."

"뭐여! 뭐라고?"

오 집사는 노기가 가득한 눈으로 노려보며 절름거리는 다리를 끌고 달려들었습니다. 오 집사는 소아마비를 앓고 장애인이 되어 남들 다 가는 군대도 못 가고 남아 있는 사람입니다.

그가 가장 싫어하는 말은 병신이라는 말입니다. 그는 병신이라는 말에 가슴이 터질 듯한 분노를 느꼈습니다.

조가는 아주 당당하게 가슴을 펴고 명령을 했습니다.

"병신 육갑떨지 말고 내 말 잘 들어!"

"병신 육갑? 네 놈이 언제부터……."

이때 조가가 오 집사 뺨을 갈겼습니다.

"무엇이 어때? 감히 나를 보고 네 놈이라고?"

뺨을 맞은 오 집사가 들고 있던 빗자루를 높이 치켜들며
소리쳤습니다.

"뭐? 네 놈이 언제부터……."

"허허, 이 병신이 세상 바뀐 것도 모르고 감히 동대장한
테 대들어? 너 죽고 싶지 않으면 당장 무릎 꿇어!"

오 집사는 성한 사람도 아니면서 조가의 멱살을 잡으려
고 달려들었습니다. 그러나 힘이 황소 같은 조가가 발길질
을 하여 오 집사를 넘어뜨렸습니다.

"아이구우우!"

넘어진 오 집사를 조가가 몇 번 걷어차며 소리를 질렀습
니다.

"죽어, 이 병신아!"

조가는 교회에서 나와 동네를 한 바퀴 돌아보고 인민군
사무실로 쓰는 이장네 사랑방으로 갔습니다. 북한 인민군

소위가 버티고 앉아 명령했습니다.

"오늘 밤 정신교육이 있다. 면 담당 중대장님이 나와서 교육을 하신다. 동무. 모일만한 장소가 있나?"

"교회가 하나 있습니다. 동무."

"간나 새끼들. 아직도 교회 다니는 놈이 있나?"

"있었지만 다 달아나고 없습니다."

"오늘 밤 교육은 교회당에서 한다. 집집마다 알려서 저녁에 하나도 빠짐없이 모이도록 하라."

인민재판

"예, 알겠습니다. 동무."

조가는 경례까지 붙이고 나가서 집집마다 다니며 저녁에 교회로 모이라고 알렸습니다. 교회를 안 다니는 사람들도 공산당의 명령이 무서워서 모두 교회로 모였습니다.

면 담당 중대장이 마을 사람들 앞에 나와서 눈을 반짝거리며 입을 열었습니다.

"오늘 내가 하는 말 잘 듣기요. 여러분은 위대한 김일성 수령님의 나라에서 새로운 세상을 만나 잘 살게 되었소. 학생은 학비를 안 내도 학교에 다닐 수 있고, 인민은 먹고 입는 문제도 김일성 수령님이 다 해결해 주어 모두가 부자처럼 잘 입고 살 것이오다. 돈 문제로 고생한 사람들이 모두 고통에서 해방될 것이오. 그뿐 아니라 땅도 네 것 내 것 없이 협동농장을 만들어 모두가 함께 일하고 똑같이 나누어 공평하게 먹고 사는 나라가 될 것이오. 모든 인민이 고깃국에 이밥을 먹고 살게 된다, 이 말이오. 모두가 오늘 당에서 파견하여 나온 여동무가 가르쳐 주는 대로 김일성 장군 노래를 따라 부르고 배우라오."

그러면서 인민군 중대장은 거만하게 목을 느리고 말했습니다.

"교회에 다니면서 하나님을 믿는 사람은 앞으로 나오시라오. 그 사람들은 특별히 앞으로 있을 야간 교육에 참석

하지 않도록 조치해 주겠소."

이때 오 집사가 일어서서 앞으로 나갔습니다. 면 담당 중대장이 더 큰 소리로 물었습니다.

"더 없소? 이 사람만 야간 교육에서 빼주겠소."

"저도 나갑니다."

박송자 집사가 일어나 앞으로 나갔습니다. 중대장이 또 다그쳤습니다.

"두 사람뿐이오? 이 두 사람만 교육에서 면제하겠소. 나올 사람은 빨리 나오라."

동네에서 술주정뱅이로 알려진 주명수 할아버지가 싱끗 웃으며 나갔습니다. 중대장이 물었습니다.

"당신, 정말 예수 믿소?"

"믿고 말굽쇼, 이 세상에 하나님밖에 어디 믿을 데가 있습니까?"

"그 말이 사실이오?"

"어느 안전이라고 거짓말을 하겠습니까."

마을 사람은 모두 오십여 명쯤 되었습니다. 모두가 교회
는 얼씬도 하지 않던 주씨 노인이 하는 꼴을 보고 속으로
비웃고 있었지만 아무도 입을 열지 못했습니다. 인민군 대
장이 이리저리 둘러보며 말했습니다.

"남은 사람들은 밤마다 교육을 받아야 하오. 매일 저녁
은 다섯 시에 먹고 다섯 시 반까지 여기 모이시오. 남조선
인민은 정신교육을 잘 받아야 우리 수령님의 위대하신 정
신을 알게 된다 말이오, 아시갔소?"

아무도 대답하는 사람이 없었습니다. 이때 한 노인이 일
어나 나가며 말했습니다.

"난 밤마다 나오기는 힘들어요. 이제부터 교회에 다닐
테니 나도 교인으로 끼워 주시오."

중대장이 대답했습니다.

"좋소. 소원대로 하오."

동네 사람들 앞에 네 사람이 나란히 섰습니다. 중대장이 들고 있는 지휘봉으로 한 사람씩 쿡쿡 찌르며 말했습니다.

"이 반동분자, 너들은 인민재판에 붙여 처벌하겠다. 동대장 조칠성 앞으로!"

조칠성이 우쭐하여 목에 힘을 주고 앞으로 나가 경례를 붙였습니다.

"중대장님, 명령만 하십시오."

"이 예수꾼들은 세상에 살려둘 가치가 없다. 내일 아침 동네 사람들이 다 모인 자리에서 인민재판을 하여 총살한다."

그리고 네 사람을 오라로 묶고 다른 사람들에게 공산당 교육을 한다고 밤이 깊도록 붙잡아 놓았습니다. 그러나 아무도 말 한 마디 못하고 하라는 대로 앉아 졸아가면서 강연을 들었습니다.

그리고 다음날 아침 동네 사람이 모인 가운데 오 집사와 묶여 있는 사람들을 세워놓고 중대장이 재판을 했습니다.

"이 간나새끼들은 반동분자다. 이런 반동은 죽여서 야간교육장에 안 나오게 하겠다."

이때 주영감이 큰소리로 말했습니다.

"대장님, 저는 예수를 믿지 않습니다. 살려주십시오."

"뭐, 이런 간나새끼가 있나. 예수꾼보다 더 나쁜 간나새끼. 조 동대장, 이 늙은이 허리를 분질러 버려라."

조칠성이 몽둥이를 들고 주명수 노인 앞에 턱을 받쳐 들고 말했습니다.

"주가야, 내가 너한테 얼마나 설움을 당했는지 동네 사람들은 다 안다. 지금이 어느 세상인데 이랬다저랬다 하는 거야, 누구를 놀리나, 엉?"

주노인은 기가 차서 입을 딱 벌리고, 오 집사는 분노에

주먹을 부르르 떨었습니다. 이때 중대장이 명령했습니다.

"죽어도 예수를 믿겠다는 자는 앞으로!"

오 집사가 묶인 채 앞으로 나왔습니다.

총소리

중대장이 눈을 부릅뜨고 남은 사람을 향해 말했습니다.

"너희들은 저 간나새끼보다 더 악질이다. 이랬다저랬다 기회만 노리는 간나들!"

중대장은 동 담당 소위와 동대장 조가에게 명했습니다.

"이 간나들을 총살에 처한다. 조칠성 동대장, 이 간나들을 산속으로 끌고 가고 소대장은 즉시 총살하라."

마을 사람들은 누구도 입을 열지 못하고 벌벌 떨었습니

다. 오 집사 어머니가 중대장 앞에 무릎을 꿇고 빌었습니다.

"대장님. 우리 아들을 살려주세요. 무슨 죄가 있다고 이러십니까?"

"예수 믿는 간나들은 다 반동분자다. 에미나도 예수 믿는가?"

"예수님을 믿는 것은 죄가 아닙니다. 예수님을 믿지 않는 것이 죄라고 했습니다."

"뭐라고? 그럼 예수 안 믿는 저 사람들과 내가 죄인이란 말임매?"

"그러합니다. 대장님."

중대장은 송장 같은 얼굴이 되어 소리쳤습니다.

"조칠성 동대장, 이 에미나도 끌고 가라오."

"넷!"

중대장이 마을 사람들을 위협하는 소리로 명령했습니다.

"오늘 인민재판은 이것으로 끝내갔소. 다들 돌아가서 당과 김일성 수령님을 위하여 열심히 일하시오."

오 집사 어머니까지 오랏줄에 매인 채 칠성이가 끌고 가는 대로 산속으로 끌려갔습니다.

이웃끼리 날마다 웃고 이야기하며 순박하게 살던 평화스런 동네에 먹물 같은 공포가 내리눌렀습니다. 공산당 총 앞에 모두가 겁에 질려 아무도 입을 열지 못했습니다.

꽁꽁 묶인 채 총을 멘 소대장과 조칠성에게 끌려 산등성이를 넘어가는 사람들은 고개를 돌려 마을 사람들에게 눈인사를 했습니다.

입은 열지 못해도 그 눈빛은 "모두들 평안히 살기 바라오." 하는 마음을 담은 눈빛이었습니다.

마을 사람들은 누구 하나 잘 가라는 인사도 살려달라는

애걸도 못하고 미어진 가슴을 쓸어내릴 뿐 모두가 벙어리가 되었습니다.

마을 사람들이 흩어져 가고 얼마 안 있어 호랑이골 산속에서 총소리가 메아리치며 들려왔습니다.

'빵, 빵, 빵, 빠앙!'

그 소리가 무엇인지 아는 마을 아주머니들은 광목치마로 눈물을 닦으며 어린 자식들을 품에 안고 울 뿐 아무 말도 항의도 못했습니다.

하루아침에 세상이 바뀌어 동네에서 가장 천대받던 조칠성이가 빨간 완장을 두르고 온 동네 사람을 종 부리듯 해도 누구 하나 말 한 마디 함부로 못했습니다. 다만 황소처럼 날뛰는 조칠성이가 무서워서 사람들은 벌벌 떨 뿐이었습니다

이삭을 세는 공산당

아이들은 김일성과 장백산이 뭔지도 모르면서 김일성 찬가를 신나게 불렀습니다. 어른들 역시 아무것도 모르면서 인민군이 무서워서 하라는 대로 김일성 노래를 불렀습니다. 그러나 아무것도 모르는 찬우는 돌아다니며 동해물과 백두산이 마르고 닳도록 하고 애국가를 불렀습니다.

인민군 앞에서 동해물과를 부르면 안 된다는 것도 모르고 아이들한테 저만 아는 노래를 불렀던 것입니다.

인민교육을 받은 아이들이 이렇게 말했습니다.

"공산당 수령 김일성 장군이 우리나라를 점령하면 모든 학생이 학비 없이 학교에 다닐 수 있고, 먹고 입는 문제도 김일성 장군이 다 해결해 주어서 지금까지 돈 때문에 고생한 사람들이 모두 걱정에서 해방된다. 그리고 모두가 함께 일하고 똑같이 나누어 공평하게 나누어 먹고 사는 낙원이 될 것이니 모든 백성이 고깃국에 이밥을 먹고 잘살게 된다. 모두가 김일성 장군 노래를 부르고 만세를 불러라."

밤마다 동네 사람들한테 인민교육을 시키는가 하면 9월이 되자 면 인민위원이 논밭으로 나와 간평을 했습니다. 간평이란 인민군 서기가 논에서 벼가 잘된 쪽을 골라 한 평의 벼이삭 수를 세고 한 이삭에 몇 알이 붙었는지 계산하여 추수한 다음 몇 가마니를 나라에 바치라는 것입니다. 조같이 낟알이 많은 작물은 좁쌀을 손으로 비벼서 유리컵에 넣어 분량을 재고 그 기준으로 좁쌀을 공출하라는 것이었습니다. 이 집 저 집 논밭에 가서 이삭을 세면서 추수하여 몇 가마니를 바치라고 명령하며 집집마다 공출할 양을 지시했습니다.

"우리 인민공화국은 나라에 바친 곡식을 부자든 가난뱅이든 똑같이 배급하여 줄 것이오. 그리 알고 충성하시오."

간평 위원장이 돌아가자 사람들이 불평을 했습니다.

"뼈 빠지게 일한 사람이나 번둥번둥 놀던 놈이나 똑같이 배급을 탄다면 누가 일을 해. 별놈의 세상 다 보겠네."

"글쎄 말이여, 번둥번둥 놀던 놈한테 일한 사람이 거둔 곡식을 똑같이 나눈다고? 그런 세상이 어디 있어!"

피란민

그런 경황 중에 가운데 찬우네 집에 피란민이 들어왔습니다. 밖에서 피란민이 사람이 기어들어가는 소리로 말했습니다.

"피란민입니다. 신세 좀 지으면 안 되겠습니까?"

얼굴은 안 보여도 목소리가 유순했습니다. 어머니는 작은 소리로 말했습니다.

"그러고 있지 말고 어서 안으로 드시지요."

부부인 듯한 젊은 사람과 어린 여자 아이 하나가 들어섰습니다. 가물가물한 등잔불을 켜놓고 문을 광목치마로 가렸습니다. 전쟁이 나고 며칠 안 되어 사람들은 밤에 불을 켜면 문을 가리는 습관이 생겼습니다. 밤에는 불빛이 밖으로 새어나가지 못하게 하라는 지시 때문이었습니다. 어머니가 물었습니다.

"어디서들 오셨소?"

"서울서 왔습니다."

"시장하실 텐데……."

"아닙니다. 괜찮습니다."

"잠깐만 기다리시지요."

어머니는 밖으로 나가 감자를 껍데기도 벗기지 않고 삶아가지고 들어왔습니다.

"많이 시장할 텐데 이거라도 드시지요."

딸인 듯한 여자 아이가 엄마 아빠를 돌아보며 먹어도 좋을까요 하는 눈빛을 보냈습니다. 아이 아빠가 고개를 끄덕이자 아이는 감자를 껍질도 벗기지 않고 허겁지겁 먹었습니다. 찬우 어머니가 물을 따라 주며 말했습니다.

"급히 먹으면 체한다. 물마시고 먹어라."

"감사합니다. 아주머니."

여자 아이의 엄마가 겸손하게 머리를 숙여 인사를 했습니다. 어머니는 여자 아이를 보고 작은 소리로 말했습니다.

"예쁘고 살결이 곱기도 하다. 이런 예쁜 것이 배가 많이 고팠던가 보구나."

아이 뒤를 이어 엄마 아빠도 감자를 먹었습니다. 어머니는 두 사람을 살펴보며 조심스럽게 말했습니다.

"이 동네에서 남자는 머물 수가 없어요. 저들한테 들키면 잡혀갑니다."

"어떻게 하면 좋을까요?"

아이 엄마가 물었습니다.

"아이 엄마와 아이는 우리 사랑방에 머물면서 우리 친정 조카라고 하시고 아기 아빠는 숨어야 합니다."

잠시 무거운 침묵이 흘렀습니다. 아이 아빠가 구원을 청하는 눈으로 찬우 엄마를 바라보았습니다.

"아이 아빠는 오늘 밤 숨어야 합니다."

그러면서 찬우를 바라보았습니다.

"얘야, 너 뒤산 아래 우리 뒷밭 배추구덩이 알지?"

"네."

"아저씨 모시고 그 구덩이로 가거라."

어머니는 아이 아빠에게 눈길을 돌리고 말했습니다.

"지금 이 애를 따라 가요. 우리가 겨울이면 배추를 저장하는 구덩이가 있어요. 그 속에 들어가 숨어 계시면 밤마다 먹을 것을 보내드릴 테니 그리 아세요."

"이렇게 은혜를 베풀어주시니 감사합니다."

찬우는 엄마가 싸주는 보따리를 들고 아무도 모르게 아이 아빠를 그 구덩이로 안내했습니다.

구덩이는 한 사람이 머물 만큼 넓었습니다. 찬우는 바닥에 가마떼기를 깔고 그 위에 요와 이불을 폈습니다. 그리고 말했습니다.

"아저씨 안녕히 주무세요. 아귀는 짚단으로 가려서 아무도 몰라요."

"고맙다. 네 이름이 뭐냐?"

"정찬우입니다."

"찬우, 고맙다. 조심해 가거라."

거짓말 가족

다음 날 아침 조가가 전에 없던 총까지 메고 동네를 뒤지며 찬우네 집까지 왔습니다. 낯선 아이를 보자 눈을 부릅뜨고 물었습니다.

"이 아이는 누구요?"

깜짝 놀란 여자 아이가 엄마 품속으로 파고들었습니다. 찬우 어머니가 대답했습니다.

"이 애는 내 조카고 이 사람은 친정 올케라오."

조가가 문초하듯 물었습니다.

"언제 왔소?"

"어제 저녁 무렵에 왔어요. 걸어서 오느라고 늦었다오."

"이 계집아이와 에미나이뿐이오?"

며칠 사이에 조가는 북한에서 오기라도 한 듯 이북 사투리까지 흉내를 냈습니다.

"그렇다오, 우리 친정 오빠는 인민군에 자원입대하면서 당분간 우리 집에 가 있으라고 했다오."

"그게 사실이오?"

조가가 갑자기 아이 엄마한테 물었습니다. 당황한 아이 엄마는 그렇다고 고개를 끄덕였습니다.

"네에."

"오늘 밤 예배당에서 교육이 있소. 한 사람도 빠짐없이 나와야 하오, 아시갔소?"

도두가 겸손히 대답했습니다.

"네, 네."

집으로 돌아온 어머니는 아이 엄마한테 친정집에 대하여 설명해 주고 진짜 친정 오라버니 가족처럼 하라고 일렀습니다.

저녁때면 온 동네 사람들이 다 교회당으로 모였습니다. 만약 참석하지 않으면 반동분자로 인민재판을 받아야 하기 때문에 아무도 거역하지 못하고 교육에 참석했습니다.

교육은 김일성 찬양 노래와 김일성이 얼마나 위대한 영도자인가를 강조하고 그 앞에 모두 충성해야 한다는 것입니다. 같은 교육을 밤마다 귀가 닳도록 하여 사람들은 다 알고 있었지만 싫다고도 못하고 그들이 하라는 대로 만세도 부르고 노래도 불렀습니다.

교육이 끝나 돌아온 어머니는 찬우한테 음식보따리를 싸

주면서 구덩이로 보냈습니다.

피란 온 지 보름쯤 되었을 때 아이 이름은 윤민자이고 아이 아빠는 윤성춘이라는 것을 알았습니다. 민자 엄마가 말했습니다.

"찬우 어머님 고맙습니다. 이 은혜를 어떻게 갚아야 좋을지 모르겠습니다."

"전쟁이 빨리 끝나야 할 텐데 걱정이우. 변변치 못한 음식을 먹는데 무슨 은혜요. 서울서는 무슨 일을 하시었수?"

"우리는 종로에서 인쇄소를 하다가 왔습니다. 갑자기 피란길에 짐을 챙겼는데 아이 아빠가 다른 것은 다 놔두고 백노지만 한 아름 지고 왔습니다."

그러면서 온 보따리를 풀어 보여주며 말을 이었습니다.

"피란을 가면 어디서든지 인쇄를 할 일이 있을 것이라면서 종이가 있어야 한다고 가지고 온 것이 이것이랍니다."

보기 힘든 하얀 종이가 펼쳐지자 찬우는 신기한 눈으로 들여다보았습니다.

"엄마, 이 종이 그림 그릴 때 쓰는 도화지잖아요."

"그래 도화지로구나. 종이가 커서 그림 그리기보다는 창호지 대신 문을 발라도 좋겠다."

그렇지 않아도 안방 건넌방 사랑방 문이 종이가 낡아서 너풀거렸습니다. 찬우 어머니가 종이를 쓰다듬으면서 물었습니다.

"이 종이가 꽤 비싸지요?"

"저도 잘 모르겠어요. 필요하시면 몇 장 드릴게요."

민자 엄마가 문짝 숫자대로 넉 장을 내놓았습니다. 그날 찬우네 문들은 새 옷을 갈아입고 환하게 웃었습니다.

그것을 본 이웃 사람들이 백노지를 사가기 시작했습니다. 백노지 두 장에 보리쌀 한 되씩을 주고 가져갔습니다.

그렇게 하여 받은 보리쌀이 한 가마니나 되었습니다.

찬우는 휴교중이라 낮에는 할 일이 없었습니다. 그래서 뒷동산에 올라가 수미네 가족이 떠난 피란길을 바라보며 수미 생각을 했습니다.

그런데 멀리 가지도 못한 마을 사람들은 며칠 안 되어 돌아오기 시작했습니다. 그러나 부산으로 간다던 수미네는 돌아오지 않았습니다. 찬우는 여름내 수미를 생각하며 동네로 들어오는 길목에 마음을 던졌습니다.

사람들은 다 오는데

다른 집 사람들은 다 돌아오는데 수미네는 왜 돌아오지
않을까. 수미는 어떻게 지낼까…….'

언제 왔는지 민자가 소리 없이 곁으로 다가와 말을 걸었
습니다.

"오빠, 무슨 생각을 그렇게 하고 있어?"

"민자니?"

"난 오빠를 만나는 순간부터 오래 전부터 알던 사이같이

느껴졌어."

　찬우도 그랬습니다. 처음 본 민자의 눈빛이 가슴속으로 파고드는 느낌을 받았습니다. 그러나 대답은 달랐습니다.

　"그러니? 난 안 그런데."

　"내가 오빠 맘에 안 든다는 뜻이야?"

　"그런 건 아니고……."

　"오빠, 고마워."

　"뭐가?"

　"밤마다 우리 아빠 음식 날라 주고……."

　"그게 뭐가 고마우냐?"

　"고맙지. 오늘 밤부터는 내가 날라다 드릴까?"

　"안 돼, 위험해."

　"그럼 오빠하고 같이 가면 안 될까. 나도 아빠가 보고 싶은데."

"그러다가 빨갱이한테 들키면 큰일 나."

"딱 한 번만 같이 가게 해 줘."

찬우는 민자의 맑은 눈빛과 하얀 피부가 좋았습니다. 그러나 수미를 생각하며 민자와 눈을 마주치지 않으려고 피했습니다. 하루에도 몇 번씩 마주하고 이야기하고 바라보는 민자는 날이 갈수록 예뻐 보였습니다.

말하는 것도 깜찍하고 걸어가는 모습도 예쁘고 웃을 때는 더 예뻤습니다. 어머니도 그 모습을 보며 같은 말을 몇 번씩 하셨습니다.

"참 예쁘기도 하다. 어쩌면 살결이 배꽃같이 고우냐. 웃을 때도 배꽃을 보는 것 같다. 난 어려서부터 배꽃을 좋아했는데 네가 꼭 배꽃 같다는 생각이 드는구나."

그럴 때마다 찬우도 곁눈질로 민자를 흘깃거렸습니다. 솔직히 말하면 민자가 수미보다 예쁘고 고왔습니다. 수미가 반달이라면 민자는 보름달같이 밝고 시원한 느낌이 들었습니다. 찬우는 밤마다 어머니가 싸주시는 음식을 들고 민자 아빠한테 갔습니다. 남들 눈을 피해 몰래 가서 무구덩이 뚜껑을 열고 음식을 들이밀어 넣고 재빨리 돌아왔습니다.

누가 보면 안 되기 때문입니다. 그런데 밭 귀퉁이를 살금살금 내려오는데 가까이서 무슨 소리가 났습니다.

찬우는 깜짝 놀라 그 자리에 굳어버린 채 서 있었습니다. 누구냐고 물어볼 수도 없는데 킥킥거리며 숨을 죽이고 웃는 소리가 민자 목소리 같았습니다.

"민자냐?"

"응, 나야."

"왜 여기까지 왔어?"

"아빠가 너무 보고 싶어서."

"안 돼, 들키면 큰일 나."

찬우가 민자 손을 잡고 비탈길을 내려오는데 저쪽 모퉁이에서 발소리가 쿵쿵 들려왔습니다. 순간 찬우는 민자를 꼭 끌어안고 납작 엎드렸습니다. 조가가 소대장과 순찰을 돌면서 하는 소리가 들렸습니다.

"종간나 새끼가 이 근처를 뱅뱅 도는데……. 밤마다 다닌단 말이오."

"누가 말임매?"

"쥐새끼 같은 놈이오."

찬우는 가슴이 쿵하고 내려앉았습니다.

"쥐새끼라고? 그 간나 새끼가 몇 살임매?"

"육십도 넘은 여우같은 늙은이가 밤마다 이쪽에서 저쪽으로 왔다갔다 하는데 그 이유를 모르겠단 말입네다."

"그 아바이 반동 아이오?"

"반동은 아닙네다."

"그럼 됐소."

두 사람이 저만큼 걸어갔을 때 찬우는 숨을 크게 내쉬었습니다. 그리고 안고 있던 민자를 밀쳤습니다.

"너, 다시는 이런 짓 하지 마, 알았지?"

"알았어. 그런데 오빠……."

"뭔데?"

"오빠가 안고 있으니까 가슴이 두근거렸어."

"……."

찬우는 아무 대답도 않고 부지런히 걸었습니다. 조가 때문에 놀라서 두근거리는 가슴이 아직도 가라앉지 않았는데 민자는 엉뚱한 소리를 하고 있어서 미웠습니다.

집으로 돌아와서도 말없이 어머니 방으로 들어갔습니다.

"다녀왔습니다."

"수고했다. 별일은 없었지?"

"오다가 들었는데요, 조가가 뒷집 순배 할아버지를……."

어머니가 말을 막았습니다.

"순배 할아버지가 왜?"

"밤에 어디를 왔다 갔다 한다면서 뒤를 밟고 있는 것 같아요."

"넌 모르는 척해라. 알았지?"

"무슨 일이 있나요?"

"며칠 전에 끌려갔던 순배 아버지가 돌아왔는데 집 마루 밑을 파고 숨겼다가 조가가 자꾸 조사를 다니기 때문에 저쪽 산 속에 있는 금정 구덩이에 숨겼다. 그리고 밤마다 음식을 날라다 주고 있어. 조가한테 들키면 큰일 나는데."

"그런 것도 모르고 나는 조가가 나를 보고 하는 소리인 줄 알고 얼마나 놀았는지 몰라요."

"조심해야 한다. 만약 민자 아버지가 들키는 날이면 ……."

"알았어요."

전쟁이 나고 두 달이 지났습니다. 땅속에 숨은 사람들은 밖으로 나오지도 못하고 나이 많은 어른들은 들에서 일을 하고 밤에는 교회당에서 교육을 받았습니다.

찬우는 날마다 민자를 데리고 산으로 들로 냇가로 다니며 나무 열매도 따 먹고 가재도 잡으면서 재미있게 물놀이도 했습니다.

민자 엄마는 찬우 어머니를 따라 다니면서 들일을 거들다가 얼굴이 새까맣게 탔습니다. 그러면서도 찬우가 자기 딸을 동생처럼 데리고 다니는 것을 대견하게 생각하고 좋아했습니다.

9.28 상륙작전

한여름이 지나고 구월 어느 날입니다. 갑자기 인민군이 여기저기서 나타나더니 동네 앞을 지나 북쪽 골짜기로 개미떼처럼 줄을 이어 갔습니다. 모두가 지친 모습으로 총을 질질 끌고 호랑골 뒷산을 넘어 갔습니다.

마을 사람들이 수군거렸습니다.

"저놈들은 패잔병이야. 공산군이 패하여 달아나는 거야."

"자유 세상이 다시 돌아오고 있어."

"미군이 인천 상륙작전을 했다는 거야."

동네 사람을 들볶고 교육을 시킨다고 큰소리치던 소대장이 어디로 갔는지 사라졌습니다. 조가가 소대장을 찾아 헤맸지만 소대장은 어디도 없었습니다.

그렇게 기세등등하던 조가가 허둥거리기 시작했습니다. 그때 마을 사람들이 몽둥이를 들고 소리쳤습니다.

"빨갱이 조가 놈을 잡아라!"

"조가를 죽여라!"

인민군은 며칠을 두고 떼를 지어 북으로 달아나고 뒤를 이어 국군이 들어왔습니다. 그제야 마을 사람들은 먹장구름이 걷힌 하늘을 보듯 기뻐서 만세를 부르며 춤을 추었습니다.

마침내 땅 속에 숨었던 민자 아버지가 나오고 순배 아버지도 굴속에서 나와 가슴을 폈습니다.

잠깐 얼굴을 보고 무구덩이에서 여름을 난 민자 아빠는 찬우 어머니한테 큰절을 올렸습니다.

"아주머니, 이 은혜 평생 잊지 않겠습니다. 살려주셔서 감사합니다."

그리고 찬우한테도 정이 담긴 눈길로 말했습니다.

"고맙다, 밤마다 음식을 나르느라고 수고 많았다. 내 너의 고마운 마음 잊지 않으마."

가을 타작 전에 9.28인천상륙작전으로 세상은 하루아침에 바뀌었습니다.

면사무소를 장악했던 공산당들이 모두 달아났습니다. 장총을 메고 거들먹거리며 위협하던 인민군도 달아났습니다. 세상이 뒤바뀐 것을 안 대장간 조가도 달아나려고 대장간에서 짐을 챙기고 있었습니다. 그것을 안 동네 청년들이 몽둥이를 들고 대장간으로 몰려들었습니다.

"조가 나와라! 조가 나와!"

동네 사람들 소리에 놀란 조가는 달아나려고 뒷문으로 빠져나가다 미리 막고 있던 사람한테 먹살이 잡혔습니다.

"이 새끼 어디로 달아나?"

조가는 그에게 잡혀 마당으로 끌려나왔습니다. 온 동네 사람이 몽둥이를 들고 눈에 불을 켜고 있는 것을 본 조가는 죽을상이 되어 그 자리에 무릎을 꿇고 엎드려 빌었습니다.

"동네 마님들 잘못 했어유. 용서해 주셔유."

사람들이 당장 때려죽일 기세를 보이자 조가는 이리저리 올려다보며 싹싹 빌었습니다.

"마님들, 마님들 살려주셔유. 제가 잘못 했어유."

이장이 물었습니다.

"공산당이 뭔지 알고나 날뛴 거냐?"

"저는 높은 사람들이 하라는 대로만 했어유."

성질 급한 황씨 아저씨가 소리쳤습니다.

"이장님, 개만도 못한 놈한테 무슨 말을 하십니까. 당장 때려죽이자고요!"

다른 아저씨도 조가의 따귀를 때리면서 소리쳤습니다.

"굴러들어와 동네 사람 덕으로 산 놈이 빨간 완장을 찼다고 상전 노릇을 해? 죽일 놈!"

이장이 말렸습니다.

"한글도 모르는 사람이 한 짓이니……."

다른 사람이 말을 막았습니다.

"그런 소리 마세요. 한글 아는 것하고 무슨 상관이 있습니까. 저놈은 동네 사람을 종 부리듯 부역을 시킨 놈입니다."

다른 사람이 몽둥이로 조가 어깨를 내리쳤습니다.

"이 쌍놈의 새끼, 우리 아버지 이름을 함부로 불러댔지? 그 아가리로 한 번 더 불러 봐라. 당장 죽여 버릴 테니!"

조가는 퍼질러 엎어지며 죽는 소리를 질렀습니다.

"아구구 마님, 마님들, 살려주셔유."

이장이 점잖게 말했습니다.

"공산당 앞잡이질한 건 밉지만 어쩌겠소. 죽이진 말고 동네에서 내보냅시다."

화가 풀리지 않은 동네 사람들이 몽둥이로 대장간을 와장창 퉁탕 때려 부수었습니다. 조가는 고개를 들고 무너지고 깨지는 연장들을 바라보며 겨우겨우 일어나 싸놓은 보따리를 끼고 한쪽 어깨를 늘어뜨린 채 서쪽 길로 정처 없이 떠났습니다.

찬우 아버지는 뒷동산으로 올라가 그 사람이 가르마처럼 가느다란 들길을 절뚝거리며 멀리 가는 것을 바라보며 마음 약한 소리를 했습니다.

"저게 어디로 가서 어떻게 살까."

찬우가 물었습니다.

"아부지, 저 사람이 아버지 이름을 막 불렀는데 그래도 불쌍해유?"

"불쌍하지. 인민군이 쳐들어오기 전에는 동네 사람들한테 마님 마님 하면서 겸손하게 호미, 곡괭이, 쟁기보습이 고장 나면 잘 고쳐 주어서 편했는데, 저 사람이 떠났으니 대장간도 없어질 것이고……."

"아부지도 저 사람이 미웠지유?"

"미웠지만 무서운 공산당이 한 짓이 더 밉다."

찬우는 바보 소리를 했습니다.

"아부지는 공산당보다 모기가 더 무섭다고 하셨지유?"

아버지는 대답 대신 빨갱이 걱정을 했습니다.

"좋은 사람을 공산당이 악마를 만들었던 거다. 악마는 정치가 만드는 것 같다."

인민군 패잔병이 떼를 이루고 마을 앞을 지나가고 마을에는 인민군의 그림자가 지워지고 동네 사람이 마음 놓고 활보하기 시작했습니다.

양코배기

찬우 아버지가 무구덩이 속에서 나오던 날 민자 아버지도 뒷산 구덩이에서 나왔습니다. 동네에서 나이가 가장 많은 어른이 찾아왔습니다.

"자네는 이 더위에 그 속에서 어떻게 지냈나?"

"조가가 날마다 잡으러 오기 때문에 어쩔 수 없었지유, 저 구덩이 덕에 살았구먼유."

"잘했네. 안 그랬다가는 잡혀갔을 테니까. 이 동네에서 세 사람이나 잡혀갔지 않나."

동네 앞 동쪽 골짜기로 퇴각하는 인민군이 끝없이 줄을 이어 산속으로 들어가고 있었습니다. 가끔은 장교인 듯한 사람이 동네로 들어와 물을 달라고 하여 먹고 가기도 했지만 일반 병사들은 대열에서 나오지 못하고 일렬로 줄을 이어 개미들처럼 꼬리를 물고 걸었습니다.

찬우는 그 대열을 구경하고 돌아오다 대문 앞에 웬 사람이 쓰러져 있는 것을 발견했습니다. 깜짝 놀란 찬우가 엄마를 불렀습니다.

"엄마!"

아들의 놀란 소리를 들은 엄마가 나와 보다가 더 놀라서 입을 딱 벌리고 섰습니다.

"어마! 이게 뭐야?"

찬우가 가까이 가서 쓰러진 사람을 들여다보았습니다.

군인이었습니다. 다리가 길고 텁수룩한 수염이 노랗고 철모를 쓴 채 어깨에 총을 메고 있었습니다.

"엄마, 군인인가 봐."

엄마가 서둘렀습니다.

"이 사람은 인민군이 아닌 것 같다. 빨리 이장님한테 알려드려라."

찬우는 바람처럼 달려 밭일을 하고 있는 이장님을 찾아갔습니다.

"이장님, 우리집 대문간에 이상한 사람이 쓰러져 있어요. 빨리 가 보셔요."

"그게 무슨 소리냐?"

이장님은 급히 찬우를 따라 달려와 쓰러져 있는 사람을 보고 말했습니다.

"이 사람은 미국 군인이다. 안으로 모시고 들어가자. 지나가는 인민군한테 들키면 큰일 난다."

이장님은 다리가 기다랗고 원숭이같이 생긴 군인을 들쳐
메고 안방으로 들어갔습니다. 방바닥에 널브러졌던 미군은
정신이 드는 듯 머리를 들고 두리번거렸습니다. 이장님이
철모를 벗겨주었습니다. 머리도 노랗고 수염도 노란데 눈
은 파랗게 생겼습니다. 이장님이 물었습니다.

"정신이 드시오?"

군인은 무슨 말인지 대답을 했지만 벙어리 소리 같아서
알아들을 수가 없었습니다. 다만 손짓으로 목이 마르다는
듯 목과 입을 가리켰습니다. 이장님이 알았다는 듯 물을
마시고 싶다는 것 같다며 물을 떠오라고 했습니다.

찬우가 부엌에서 바가지에다 물을 떠다 미군한테 대주자
단숨에 한 바가지 물을 쭉 들이켜고 무슨 소리인지를 했
습니다.

"땡큐, 땡큐."

이게 무슨 소린지는 몰라도 고맙다고 하는 것 같은데 알아들을 수가 없었습니다. 군인은 다시 손으로 배를 문질렀습니다. 이장님이 또 알아채고 말했습니다.

"배도 고프다는 것 같다. 뭐 먹을 것 좀 없니?"

찬우가 급히 나가 여름에 따다 놓은 늙은 오이를 들고 왔습니다. 이장이 그것을 미군한테 내밀며 먹으라는 시늉을 했습니다. 미군은 받아들자마자 허겁지겁 우적우적 먹어치웠습니다. 엄마는 부엌으로 들어가 감자와 고구마를 삶으려고 솥에다 넣었습니다. 그리고 불을 지피려는 순간 대문으로 인민군 하나가 뛰어 들어왔습니다.

"아지매, 목말라 죽갔시오. 물 좀 주시라요."

엄마는 깜짝 놀라 인민군을 밖으로 끌어내며 말했습니다.

"알았어요. 우리 집에 전염병이 들어서 아무도 들어오면 안 되오. 날 따라 오시오."

그러면서 두레박을 들고 우물로 갔습니다. 그리고 우물에서 물을 길어 주면서 물었습니다.

"무슨 일로 군대들이 이렇게 어디로 가나요?"

"인민공화국이 남조선을 완전히 장악하여 좋은 세상이 올 판인데 원수 양코배기 미국 놈들이 밀고 들어와서 일단 후퇴를 하는 것임메."

"고생이 많수. 그래 지금 어디서 오시는 길이우?"

"대전 근처서 오는 중이오다."

인민군은 고맙다는 인사 한 마디를 남기고 대열 속으로 들어갔습니다. 엄마가 돌아와 이장님한테 말했습니다.

"아휴, 난 간 떨어지는 줄 알았어요. 그놈이 안으로 들어오면 어떤 일이 벌어지겠어요. 그래서 얼결에 거짓말을 꾸며 우물로 데리고 나갔지요."

이장님이 고개를 끄덕였습니다.

"찬우 엄마, 참 잘하셨습니다. 우리도 그놈이 들어올까
봐 크게 긴장했답니다. 다행히 지혜롭게 따돌려서 한숨 놓
았습니다. 일단 이 미군을 이렇게 두어서는 안 됩니다. 저
렇게 지나가는 인민군이 언제 또 들이닥칠지 모르니 어디
다 숨깁시다."

그렇게 하여 미군을 짚을 쌓아둔 헛간 속에 자리를 만들
고 말이 통하지 않아 손짓 발짓을 하여 그 안에 들어가 숨
어 있으라고 했습니다.

미군도 대문 앞으로 지나가는 인민군 대열을 보고 우리
뜻을 알아채고 이장님이 하라는 대로 했습니다.

이장님이 돌아가고 저녁이 되었습니다. 엄마가 꽁보리밥
에 김치를 미군한테 들이밀었습니다. 배가 고픈 미군은 주

는 대로 아무것이나 잘 받아먹었습니다.

미군을 숨기고 있다는 소문이 동네에 퍼지자 이 집 저 집에서 음식을 가져왔습니다. 그 가운데 중학교까지 나왔다는 서울 아줌마가 호밀빵을 쪄왔습니다.

"미국 사람은 밥보다 빵을 더 좋아해요. 그래서 호밀빵을 좀 해 왔어요."

그러면서 빵을 넣어주자 미군은 좋아서 입을 크게 벌리고 웃으며 머리를 몇 번씩 주억거렸습니다. 미군이 우리나라를 돕기 위해 왔다는 것을 아는 마을 사람들은 한결같이 걱정을 하면서 인민군들이 빨리 지나가기를 기다렸습니다.

그렇게 미군을 숨겨놓고 인민군이 다 지나가기를 기다렸습니다. 인민군은 무려 열흘이 넘도록 떼로 몰려 지나다가 끊어지고 또 몰려오더니 낙오병 몇이 절뚝거리며 지나가곤 잠잠했습니다.

이장님이 말했습니다.

"이제 인민군이 다 지나간 것 같으니 미군을 나오라고 하여 내보냅시다."

서울 아줌마도 한 마디 했습니다.

"먼 미국 땅에서 우리나라를 돕기 위해 이렇게 와서 고생을 하여 미안하네요. 그 동안 동네 분들이 정성껏 음식을 만들어 준 성의를 저분은 아실 거예요. 여기를 떠나 자기 부대로 갈 때까지 무사하도록 빌어줍시다."

그렇게 하여 말 한 마디 통하지 않는 미군을 마을에서 떠나보낼 때 마을 사람들은 모두 안타까워했습니다.

자기들도 먹고 살기에 어려운 처지에서도 이집 저집에서 미수가루도 만들고 호밀빵, 밀개떡을 만들고 나와 미군 병사 허리춤에 달아주고 보냈습니다.

미군은 땡큐 소리만 남기고 길을 안내하는 찬우를 따라

산 고개를 넘고 들길을 걸어 안성과 평택으로 잇는 신작로
에 다다랐습니다.

찬우가 손짓을 하며 말했습니다.

"이쪽으로 가면 평택, 저쪽으로 가면 안성인데 어디로
가실래요?"

"평택! 땡큐!"

미군은 기다란 다리에 높은 허리를 굽혀 찬우한테 뽀뽀
를 해주고 평택을 향해 길을 잡았습니다. 찬우는 길가에
서서 그가 보이지 않을 때까지 손을 저었고 미군도 고맙다
는 인사를 하며 아득히 사라졌습니다.

이름도 성도 모르고 짐승을 만난 듯 말도 제대로 못해보
았지만 우리를 도우러 온 미국 사람이라는 것만 안 마을
사람들은 그가 무사히 부대를 찾아가기를 빌었습니다. 지
금도 궁금하지만 소식은 알 길이 없습니다.

다만 그가 어떻게 하여 마을 서쪽 산을 넘어 찬우네 동네까지 오게 되었는지는 한참 후에 산 너머 동네 사람을 통하여 알게 되었습니다.

사랑의 모정

무리를 지어 후퇴하는 인민군은 며칠 사이에 다 지나가고 멀리 뒤떨어져 허둥거리고 동네를 지나는 낙오자 인민군은 아무 집에나 들어가 밥 좀 달라고 애원했습니다.

찬우네 집에도 비쩍 마르고 왜소한 인민군 하나가 들어와 아무거나 먹을 것을 좀 달라고 했습니다. 찬우 엄마는 측은한 눈으로 그 사람한테 물었습니다.

"몇 살이나 되었수?"

"열일곱 살이우다. 배가 고파 죽갔시요. 아무 거나 좀 주시라요."

"밥도 없고 먹을 것이라곤 감자밖에 없는데 쪄줄 테니 기다리슈."

엄마가 감자를 바가지에 담아 들고 부엌으로 들어가자 인민군이 달려들며 말했습니다.

"내래 날 감자라도 먹겠시우다. 그냥 주시라요."

그러면서 날 갑자를 우적우적 먹다가 몇 개를 주머니에 넣으면서 말했습니다.

"고맙수다. 급해서 갈기요. 안녕히."

그 인민군은 감자를 씹으면서 북쪽 산속을 향해 걸음을 재촉했습니다. 엄마가 중얼거렸습니다.

"불쌍한 것. 어린 것이 총을 질질 끌고 가니 살아서 돌아갈 수나 있을까?"

찬우는 불쌍하다는 생각보다는 밉다는 생각이 더했습니다.

"엄마, 저 놈은 우리 적이어유. 그런데 불쌍하다고 감자까지 줘유?"

"적군이지만 아들을 내보낸 엄마는 마음이 얼마나 아프겠니. 김일성이가 나쁘지 끌려나온 애들이 무슨 죄가 있니."

"그래도 때려죽이고 싶은 인민군인데……."

얼굴이 새까맣고 깡마른 인민군은 자기키보다 긴 장총을 끌고 다른 인민군이 간 산속으로 들어갔습니다.

어쩌면 그 인민군은 산을 넘지 못하고 죽을지도 모른다고 걱정하는 엄마는 그가 안 보일 때까지 걱정스럽게 바라보았습니다.

빨간 완장

미군이 거지꼴이 되어 마을로 들어온 내막을 아는 사람
이 없었는데 후일 알게 되었습니다.

찬우네 동네 높은 뒷산을 넘으면 도꼴(桃谷)이라는 동네
가 있습니다. 그 동네에서도 찬우네 동네에서 있었던 빨간
완장의 행패가 심했다는 것입니다. 그 동네에 하는 일 없
이 번둥거리던 건달, 시건방지고 못되게 굴어 천대받던 권
가란 청년이 있었습니다.

인민군이 나라를 장악했던 여름, 그가 어느 날 갑자기 별 딱지가 붙은 개똥모자에 빨간 완장을 두르고 나타나 행패를 부리기 시작했습니다.

"나는 이 마을 인민공화국 동대장이다. 오늘부터 나한테 함부로 구는 놈이나 명령에 따르지 않는 놈은 인민재판에 붙여 총살을 시키겠다."

이러면서 어른 아이 가리지 않고 너라고 반말을 하고 세상에 보이는 것이 없는 듯 아무 집에나 들어가 점심 차려라, 술상 보라고 행패를 부렸습니다. 하지만 면에서 총을 메고 나오는 인민군 면 대장이 무서워 아무도 권가한테 대들지 못했습니다. 그놈은 동네 사람을 이장네 마당에 모아 놓고 김일성을 찬양하고 인민군 면 대장이 나타나면 동네 사람 모두를 일렬로 세우고 차렷 경례를 붙이는 등 온갖 구역질나는 짓을 다했습니다.

그러다가 어느 날 미군이 자기 동네 쪽으로 밀고 들어온다는 정보를 들었고 동시에 후퇴하는 인민군이 자기 동네로 오는 것을 보고 빨간 완장 두른 팔을 휘두르며 대환영을 했습니다.

그리고 빨갱이 권가는 인민군 지휘관을 만나 경례를 붙이고 귓속말을 했습니다. 그 귓속말은 자기 동네 골짜기로 미군이 지나가게 되어 있으니 골짜기 양쪽 숲속에 인민군을 매복시켜 놓았다가 미군이 가까이 오면 공격하여 전멸시키라는 것이었습니다.

그런 것도 모르고 미군은 골짜기 길을 따라 들어섰습니다. 그때 인민군이 양 골짜기에서 일제히 사격을 시작했고 미군도 방어 사격을 하였습니다. 순식간에 동네 골짜기는 따따따따, 따쿵따쿵, 빠앙 빠앙 소리가 진동했습니다.

아무것도 모르던 마을 사람들은 들일을 하다 말고 갑자

기 쏟아지는 탄환과 총소리를 피해 집안으로 들어가 이불을 뒤집어쓰고 숨었습니다.

인민군과 미군의 총소리가 한나절 동안 계속되었고 사방에 총에 맞아 쓰러진 사람이 즐비했습니다. 그 중에 미군이 더 많은 피해를 입고 쓰러졌습니다. 인민군의 습격에 살아남은 미군들이 이리저리 흩어지고 난 다음 총소리는 멈췄습니다.

미군을 물리친 인민군 대장이 마을로 들어왔습니다. 그를 따라 권가가 큰 공을 세우기라도 한 듯 빨간 완장을 휘두르며 인민군 대장하고 무슨 이야기를 한참 했습니다. 어쩌면 자기 공이 컸으니 그만한 대가를 해달라는 것 같았는데 의견이 안 맞는 듯 대장이 소리쳤습니다.

"이 간나 새끼! 한번 배신한 놈은 또 배신하는기야! 반동새끼! 지금 그런 소리 할 때야?"

그러면서 그 자리에서 권가한테 총을 들이댔습니다. 권가는 놀라 그 앞에 무릎을 꿇고 엎드려 빌었습니다.

"아닙니다, 아닙니다. 살려만 주십시오, 대장님."

"간나 새끼. 죽어!"

따쿵! 따르르!

김일성에 충성하고 인민군의 보답을 받으려던 권가는 빨간 완장에 피를 흘리며 쓰러졌습니다. 마을 사람들은 그렇게 충성을 다한 권가가 왜 인민군 장교한테 총을 맞아 죽었는지 아무도 모릅니다.

빨간 완장을 휘두르며 인민군 노릇을 하다가 인민군 손에 개죽음을 당한 권가 송장은 아무도 돌아보지 않았습니다. 그 시체는 동네 개굴 창에서 산짐승먹이가 되고 말았습니다. 찬우네까지 온 미군은 교전하다가 구사일생으로 살아 험한 산을 넘어 마을까지 온 것입니다.

중공군 인해전술과 1.4후퇴

인천상륙작전이 성공하자 국군과 유엔군은 평양을 점령하고 압록강까지 쳐 올라갔다는 소식에 모두가 환호성을 질렀습니다.

그러나 겨울이 되자 중공군 백만대군(130만 명)이 인해전술로 반격해 와 아군이 후퇴를 하게 되었습니다.

한겨울의 1.4후퇴! 중공군은 무기도 없이 죽창만 들고 밀물처럼 몰려왔다고 했습니다. 중공군은 아군의 총에 앞

사람이 맞아 죽으면 그 시체를 밟고 넘어 다른 사람이 총
받이가 되어 죽어 쓰려지는 인해전술에 국군과 유엔군은
감당할 수 없어 밀리게 된 것입니다.

한여름에 피란보따리를 메고 남으로 내려갔다가 돌아와
자리 잡은 사람들이 다시 한겨울에 고향을 등지고 피란길
에 오르는 비극을 맞았습니다.

당시 서른 살 아래는 현역군으로 가고 서른 살에서 서른
여덟의 젊은이들은 보급대로 동원되었습니다. 찬우 아버지
도 서른한 살이라 보급대로 나갔습니다. 엄마는 스물아홉
살, 동생은 7세와 3세로 남들은 피란을 떠나는데 찬우네
가족은 길을 떠날 수가 없었습니다. 엄마가 찬우한테 말했
습니다.

"아버지가 안 계시니 네가 가장이다. 동생들 돌보고 나
뭇광에도 나무가 떨어지지 않게 해놓아야 한다. 알았지?"

이렇게 말한 어머니가 덧붙였습니다.

"나뭇광에 땔나무가 없으면 가난해지고 땔나무가 가득하면 부자가 된단다. 알았지?"

"응, 엄마."

그 날부터 지금까지 한번 결심하면 변할 줄 모르는 찬우는 미련통이입니다. 아무리 추운 날씨에도 아버지가 지시던 지게를 지고 나무를 하러 산으로 갔습니다.

다른 아이들은 어울려 놀기에 바빴지만 찬우는 그런 것에는 관심이 없었습니다. 아버지의 지게를 짊어지면 긴 지게 다리가 끌리고 부딪쳤습니다.

어떤 때는 지게 다리에 걸려서 넘어지기도 했지만 그래도 나무를 해왔습니다. 얼마나 열심히 했는지 나뭇광도 차고 헛간도 차고 집 둘레 뜰에서 추녀 밑까지 빈 곳이 한 곳도 없도록 땔나무로 채웠습니다.

잿더미가 된 마을

마을사람들이 나무만 해대는 찬우를 보고 놀라워했습니다. 어린것이 일욕심이 많은 거냐 아니면 미련한 것이냐 하고.

그런 가운데 찬우네 동네는 북위 37도선(평택, 안성, 이천, 여주), 치열한 전쟁 지역이라 피해가 매우 컸습니다. 1.4후퇴에 피란 갔던 찬우 고모네가 돌아왔을 때 미려개 동네가 다 잿더미가 되어 집이라곤 한 채도 없었습니다.

　충청도까지 피란을 갔다가 돌아왔다는 고모네는 집이 타고 없어져서 갈 곳을 잃고 찬우네 집으로 모두 몰려왔습니다. 그렇지 않아도 민자네 집 등 다른 피란민 때문에 좁았는데 또 한 가족이 들이닥치자 함께 살 수 없어 고모네는 동네 사랑방 하나를 빌려 다섯 식구가 들게 했습니다.

　피란에서 돌아온 찬우 고모네 가족들은 아무것도 없었습니다. 옷도 입은 것이 전부이고 몸만 있을 뿐 살림도 먹을거리도 없었습니다. 추운 겨울이라 군불도 때야 하는데 땔나무가 없으므로 찬우네 솥과 그릇을 가져가고 땔나무는 찬우가 해다 놓은 나무를 고모네 형들이 가져갔습니다. 그것하고 쌀도 김치도 찬우네 집에서 모두 가져갔습니다.

　찬우 엄마는 어린 찬우가 끙끙거리고 해다 놓은 땔나무를 고모네 식구들이 가져가는 것이 못마땅하여 고모네 아들들한테 나무를 해다 때라고 하기도 했습니다. 그러나 고모네 형들은 추워서 못 나간다고 아무도 꼼짝하지 않았습니다. 찬우 엄마는 쌀을 가져가고 김치며 밑반찬을 가져가도 아까워하지 않았지만 땔나무를 무자비하게 가져가는 것을 마음 아파했습니다.

피란에서 돌아온 가족이 들었다가 나간 방에는 이와 벼룩이 쏟아져 들끓었습니다. 가난과 전쟁의 구름에 뒤덮인 마을에는 이와 벼룩이 인민군보다 무섭게 들끓었습니다. 어느 집에나 이와 벼룩이 득실거려서 온 동네 사람이 이 잡기에 정신이 없었습니다.

할머니들이 낮에 햇볕 드는 양지에 나앉아 윗도리를 훌렁 벗고 이를 잡는 모습은 원숭이 같았습니다. 눈이 어두워 이와 벼룩이 잘 안 보이는 할머니들은 꿰맨 슬기 틈에 붙어 바글거리는 이와 서캐를 이빨로 자근자근 씹어서 뱉어내었습니다.

　집집마다 어른 아이 할 것 없이 밤낮으로 득실거리는 이 잡기에 정신이 없었고 아이들은 영양실조로 코를 질질 흘렸습니다. 코 때문에 큰 아이나 작은 아이나 모두가 팔소매로 코를 문질러서 소매가 반들반들했고 냄새가 났지만 겨우내 바꾸어 입지도 못하고 한 벌로 겨울을 났습니다.

　옷도 잘 사는 집 사람은 솜바지 저고리라도 입었지만 가난한 집 아이들은 군대에서 내버리는 낡고 누런 담요를 구해다가 바지도 만들고 윗도리도 지어 입고 다녔습니다.

　어른이나 아이나 동내의도 없었고 팬티라는 건 있는 것조차 모르고 홑바지로 살았습니다.

　추워도 제대로 입을 것이 없고 배가 고파도 먹을 것이 없어서 풀도 뜯어 먹고 나무껍질이나 칡뿌리를 캐다 굶주린 배를 채우며 살안 온 세 대가 바로 7,80대들입니다.

　그렇게 찌든 생활을 하면서도 형제간에 우애와 의리만은

깊었고 어른 앞에 아이들은 겸손히 예의를 갖추는 장유유
서의 도덕이 살아 있었습니다. 아이들은 누구나 어른 말씀
에는 공손히 순종했습니다. 지극히 가난한 시대를 살았지
만 윤리 도덕이 아름답게 지켜지는 나라가 바로 우리 나라
였습니다.

  그런 가운데 큰 문젯거리가 몇 가지 있었습니다. 동네마
다 도시마다 젊은이들 가운데 힘깨나 쓰는 무리들은 깡패
가 되어 설쳤습니다.

  학생들마저도 나팔바지에 모자를 마빡에 착 붙여 쓰고
연약한 학생을 이유도 없이 치고 박고, 지나가는 사람끼리
도 쳐다보면 '왜 째려보느냐'고 주먹질을 하고.

  인건 사람 사는 세상이라고 할 수 없는 비극이었습니다.

  겨울이라 가난하고 일거리가 없는 어른들은 낮이면 술집

에 꼬여들어 술에 빠져 취해서 비틀거리고 곱상한 술집 작부를 두고 남자들끼리 사랑 쟁탈전을 벌이기 일쑤였습니다.

그뿐 아니라 밤엔 화투 노름질에 날을 새는 사람들이 많았습니다. 돈이 없으니까 노름 밑천으로 논밭을 걸고 화투로 돈내기를 하여 어떤 날은 이 밭이 박씨네 밭이 되었다가, 다음 날은 오씨네 밭이 되는가 하면 그 다음 날은 허씨네 밭……

노름빚에 쫓겨나는 집이 있는가 하면 부부가 터지게 싸움을 하여 피를 흘리기도 하였습니다.

국민소득 76불 시대. 우리 국민은 비참한 거지꼴이면서도 양반 상놈을 가리며 거들먹거리고 세상이 무섭게 변하는 것을 몰랐습니다.

지금은 국민소득이 2만 불이니 3만 불이니 하지만 그렇게 되기까지는 모든 국민이 고픈 배를 움켜쥐고 새마을 운동을 하고 학구열을 올려 오늘을 이룬 것입니다.

이런 실상을 지금 아이들한테 들려주면 믿으려 하지 않고 어른들이 거짓말을 한다고 할 것입니다. 그러나 7, 80대 노년층은 몸으로 겪은 사실입니다.

모두가 6.25의 비극과 아픔을 말하라고 하면 한 사람도 빼놓지 않고 밤새워 할 말이 많은 할아버지 할머니가 지금 살아 있지만 앞으로 20년 뒤엔 이런 증언이라도 할 사람이 없어집니다.

그래서 이런 전쟁의 실상을 남기는 것입니다.

뻥! 뷰웅 꽝!

공산군과 아군이 밀리고 밀리는 상황속의 37도선은 많은 마을이 불에 타고 짓밟혔습니다. 여주, 이천, 안성, 평택에 이르는 전선 안에서 찬우는 전쟁을 겪었습니다.

인민군이 몰려가면 유엔군 쌕쌔기가(당시 사람들이 부르던 이름) 따라가 폭탄을 퍼붓고 공산군이 많이 몰려 있는 시내는 비행기 쌕쌔기가 온 종인 폭탄을 퍼부었습니다. 쌕쌔기가 하늘 높이 은빛 배를 번쩍이며 빙그르 돌다가 쌩하고 아래로 꽂혔다 솟아오르면 쫘앙! 소리가 지축을 흔들었고 이어 검은 연기가 솟아올랐습니다. 산 너머 아이들은 그 장면을 재미있게 구경했습니다. 그 장면은 지금 아이들이 하는 컴퓨터 게임과 똑같았습니다.

낮에는 비행기가 폭격을 하고 밤에는 여기저기서 총소리가 콩 볶듯 따따따, 빵야빵야, 따쿵따쿵, 그러가 하면 멀리 산 너머서 뻥하고 대포소리가 나면 검은 하늘로 빨간 불덩이가 우르릉우르릉 소리를 내며 날아가다 뷰웅하고 쇳소리를 내는 순간 뻥하고 불꽃이 일며 밤하늘을 흔들었습니다.

그렇게 위험한 것도 모르는 철부지들(지금 7,80대)은 재미있다고 낮에는 쌕쌔기가 뻥! 밤에는 대포가 "뻥! 뷰웅 꽝!" 소릴 낸다고 '뻥! 뷰웅 꽝!, 뻥! 뷰웅 꽝!' 하고 낄낄거렸습니다. 어른들은 전쟁을 하는데 아이들은 구경꾼이 되어 장난만 쳤으니 지금 아이들이 어른들의 말을 제대로 알아듣지 못하고 귓등으로 듣는다고 꾸짖기만 할 수도 없습니다.

어떤 날은 찬우네 마을 일대에서 총격전이 벌어질 위험이 있으니 모두 방공호로 숨으라고 하였지만 방공호가 없는 마을 사람들은 뒷산에 일본인들이 금을 캐가고 뚫어 놓은 금정굴 속으로 기어들어가 며칠을 보내기도 했습니다.

금정굴 속에 들어갔을 때는 동네 연장 어른이 질서를 잡았습니다. 신기하게도 훈련도 받지 않은 남자어른, 아이, 부인들이 모두 질서를 잘 지키던 모습은 지금도 기억에 아름답게 떠오릅니다.

전쟁과 군인

인민군이 밀려 올라가고 국군이 들어와 마을에는 중대본부가 생기고 국군들이 산모퉁이마다 깔렸습니다. 군인들은 경계를 서는가 하면 이상한 짓도 했습니다.

'싸우다 언제 죽을지 모르는 목숨'이라고 하면서 동네 소를 주인 허락도 없이 끌어다 잡아먹고 마을 사람들한테 나누어주기도 했습니다.

소가 집 재산의 전부인 사람도 말 한 마디 못하고 소를 빼앗기고 겨우 고기 몇 근 얻어먹는 것이 고작이었습니다. 사실은 전쟁 마당에 갇힌 처지로 날마다 대포소릴 들으면서 소한테 마음 쓸 여유가 없었던 터라 군인이 소를 끌어가도 차라리 잘된 일이라고 생각했는지도 모릅니다.

밤마다 대포알이 머리 위로 날아가 '뺑 뿌웅 꽝'을 하는가 하면 금정굴로 가는 비탈길 머리 위로도 총알이 뿅뿅 뾰웅 소리를 내며 날았습니다.

이불을 짊어지고 먹을거리를 챙기고 허리도 펴지 못한 채 엉금엉금 금정굴로 숨어야 했습니다. 적군과 아군이 주고받는 총질은 장난이 아니었습니다.

국군이 압록강까지 밀고 올라갔다가 중공군이 인해전술로 밀고 내려와 1·4후퇴를 하였고, 그렇게 밀리기도 하고 다시 밀고 올라가기도 하는 동안 겨울이 지나고 봄이 왔습니다.

총소리는 그치고

인민군이 완전히 쫓겨 가고 미군과 한국군이 나라를 되찾은 산과 들에는 연둣빛 새순이 돋고 개나리 진달래가 피었고 총소리에 숨었던 새들도 살구꽃 가지마다 매달려 노래를 부르기 시작했습니다.

학교도 개학을 하였습니다. 그러나 학교는 엉망으로 망가져 있었습니다. 교실 유리창엔 유리 한 장 없고 교실 벽과 마룻바닥은 포탄 파편 맞은 구멍이 여기저기 뻥뻥 뚫려 있고 책상도 의자도 없어졌습니다.

민자도 찬우네 학교에 편입하여 사학년이 되었습니다.

헤어졌던 아이들이 모두 학교에서 만났지만 안 보이는 아이도 있었습니다. 피란 가서 오지 않는 아이도 있고 전쟁에 죽은 아이도 있었습니다. 그리고 젊은 선생님들은 한 분도 보이지 않았습니다. 모두 군인으로 가서 장교가 되었거나 전사했다고 했습니다.

학교에는 유네스코에서 보내온 학용품이 나누어지고 책상도 없는 교실바닥에서 쭈그리고 앉아 아이들은 공부를 했습니다. 그리고 점심때는 선생님들이 가루우유를 배급받아다 끓여서 배고픈 아이들에게 나누어 주어 연명했습니다.

구제품 가운데는 각종 서양 옷이 주어졌는데 지금 생각해 보면 재미있는 것은 여자 아이들이 윗도리 블라우스 목을 뜯어내고 밋밋하게 만들어 입기도 하고 어떤 아이는 뜯어내고 동정을 달아 입었습니다. 미국 사람들이 예쁘게 만들어 붙인 블라우스레이스를 뜯어낸 여자 애들을 생각하면 웃음이 나옵니다.

보릿고개에서 먹던 음식엔 메뉴가 없었습니다. 부자는 꽁보리밥이라도 배불리 해먹는데 가난한 사람은 시래기죽도 제대로 못 끓이고 호박죽을 끓여 먹었는데 멀건 물에 건더기 몇 개 뜬 걸 마시고 모두가 영양실조로 통통 붓든지 꺼칠한 얼굴이었습니다.

부인들 중에는 산나물을 끓여먹고 통통 부어 고생을 하면서도 약 한 첩 못 먹고 죽기도 하고, 살아나는 것도 다 제 명이라고 말할 뿐 누구 하나 도와주지도 울어주지도 못하는 세상이었습니다.

그런 가운데 아침저녁 어디서 왔는지도 모를 거지들이

돌아다니며 깡통을 들이대고 먹을 것을 내라고 아우성을 치는가 하면 설상가상으로 인민군과 싸우다 팔다리를 잃은 상이용사가 먹거리를 내라고 행패를 부렸습니다.

찬우는 우수한 성적으로 초등학교를 졸업하였지만 진학을 못하고 집안일을 하게 되었습니다.

그렇게 시끄럽던 총소리 대포 소리도 멀리 북으로 올라 갔고 마을 교회에서는 평화의 종소리가 다시 울려 퍼졌습니다.

민자 아버지는 서울로 돌아갈 준비를 했습니다. 그리고 찬우 어머니께 이렇게 말했습니다.

"아주머니, 그 동안 신세를 너무 많이 졌습니다. 이 은혜를 갚을 길은 없고 찬우를 제가 데리고 서울로 가서 중학도 보내고 제 자식처럼 돌보겠습니다."

"과분한 말씀입니다. 무얼 그렇게까지……."

"아닙니다. 제가 할 수 있는 일이 있다면 찬우를 훌륭한 사람이 되도록 도와주는 것입니다. 서울로 보내주시면 제가 알아서 하겠습니다."

2000년
금반지의 비밀

쌍가락지

"뜻은 고맙지만……."

찬우는 민자네 가족을 따라 서울로 올라왔습니다. 서울은 엉망이었습니다. 도로도 집도 무너지고 흐트러지고 거지꼴을 한 사람들이 골목마다 깔려 있고 모두들 우왕좌왕했습니다.

찬우는 민자 아버지를 도와 무너진 인쇄소 벽을 고치고 방을 꾸미고 며칠 동안 정신이 없었습니다.

    민자는 다니던 학교에 들어가고 찬우는 낮에 인쇄소 일
을 돕다가 야간중학교에 가게 되었습니다. 전쟁이 끝난 뒤
인 데다 다른 인쇄소들은 모두 불에 타서 없어졌는데 민자
네 인쇄소는 다행히 뼈대가 남아 수리를 하게 되자 일이
밀려들었습니다. 민자 아버지는 얼마 안 있어서 부자가 되
었습니다.

    민자도 고등학생이 되었고 찬우도 야간 고등학생이 되었
습니다. 그러는 동안 민자는 찬우를 오빠라고 부르면서도
속으로는 자기 신랑감으로 생각하고 적극적으로 따랐습니
다. 그것을 안 윤성춘 사장이 둘 사이를 떼어놓으려고 딸
에게 이렇게 말했습니다.

    "넌 이제 아이가 아니야. 다 큰 처녀애가 찬우를 너무 가
까이하는 건 안 좋다."

    "난 찬우 오빠가 좋은 걸요."

"좋은 것하고 가까이 하는 건 달라."

"난 찬우 오빠 아니면 다른 사람은 싫어요."

"세상모르는 소리 말아. 넌 우리 인쇄소를 먹여 살리는 삼정물산 사장님이 예뻐하신다. 그분이 자기 며느릿감으로 관심을 가지고 계셔."

"싫어요."

"아빠 말을 들어야 해."

"나도 다 컸어요. 좋고 나쁜 것은 선택할 줄 안다구요."

"그러니까 조심하라는 거야. 너 대학을 마치면 바로 시집보낼 거야. 찬우는 안 돼. 생각해 봐라. 그 애가 고맙기는 하지만 뭘 볼 게 있냐. 야간 고등학교에 대학도 못 가고 이제 인쇄소 직공이나 해야 할 아이란 말이다."

"그래도 싫어요."

그 날 민자는 자기 방에 들어가 이불을 뒤집어쓰고 울었습니다.

다음 날 민자는 굳은 결심을 하고 찬우한테 말했습니다.

"오빠, 난 오빠가 좋아. 오빠도 나 좋아하지?"

"그런 건 왜 묻는 건데?"

"난 오빠하고 결혼할 거야."

"뭐라고? 난 안 돼!"

"왜 안 되는 건데? 내가 싫어?"

"너하고 나는 처지가 달라. 넌 옛날의 민자가 아니야. 나도 옛날 찬우가 아니고."

"그게 뭔데?"

"그런 게 있어. 넌 어른들이 하시는 대로 따라야 해."

찬우는 사장한테 이미 둘 사이에는 인연이 맺어질 수 없는 사이라는 말을 들었기 때문에 민자를 달래는 것입니다. 그러나 민자는 달랐습니다.

　민자가 대학생이 되고 찬우는 인쇄소 과장이 되었습니다. 민자는 부모님이 보는 앞에서도 찬우를 사랑한다는 몸짓을 해 보였습니다. 그래야 자기 뜻대로 할 수 있다고 생각했기 때문입니다. 그뿐 아니라 찬우한테도 적극적으로 사랑한다는 말을 하기도 하고 하루는 쌍 금가락지를 가지고 나타났습니다.

　"오빠, 난 오빠가 아니면 아무한테도 시집가지 않을 거야. 자. 이것 받아."

　"그게 뭐냐?"

　"손 내밀어 봐."

　찬우가 손을 내밀자 가느다랗고 반짝이는 가락지를 손에 끼워주며 말했습니다.

　"이제 오빠는 내가 묶었어. 나하고 똑같은 반지를 끼고 있다는 걸 잊으면 안 돼, 알았지?"

"야, 장난이 지나치면 안 돼."

"장난 아이야. 오빠는 이제 내 분신이야."

"넌 세상을 그렇게 모르냐?"

"세상이 어떤 건데?"

"세상은 네 생각과 다르다는 걸 알아야 해."

"어떻게 다르냐구?"

"너하고 말해 뭘 하겠냐."

"오빠, 그 반지 빼면 안 돼, 알았지?"

민자는 반지 낀 예쁜 손을 내밀어 찬우 손에 맞추어 보고 달아났습니다.

"오빠, 이 세상 끝날 때까지 나를 잊으면 안 돼! 알았지?"

찬우는 반지를 만져 보았습니다. 속으로는 민자가 좋았지만 좋아할 수가 없었습니다. 그래서 생각한 것이 민자

곁에서 떠나야 한다는 생각이었습니다.

다음 날 찬우는 아무 대책도 없이 민자네 집을 나왔습니다. 알게 나오면 복잡하고 민자가 놓아주지 않을 것 같아 몰래 길로 나섰습니다.

인쇄소에서 일만 하다가 밖으로 나오니 어디로 가야 할지 막막했습니다. 그래서 발길 닿는 대로 가다가 파고다 동원 긴 의자에 앉아 흘러가는 구름만 멍하니 바라보았습니다.

이때 예수전도대가 나타나 하나님을 믿으라고 사람들에게 전단지를 뿌리고 있었습니다. 그 중에 한 사람이 가까이 다가오더니 물었습니다.

"젊은이 하나님을 아시오?"

"우리 고향에도 교회가 있습니다."

"교회에 다녀 보셨소? 어때요? 우리 전도대에 들어와 봉사해 보지 않으시겠소?"

"봉사요?"

"왜, 싫어요?"

"봉사라면……."

"지금은 전쟁 중이라 모두가 가난하고 살기 힘들어요. 이럴 때는 사람보다 하나님을 믿는 길밖에 없어요."

"하나님을 믿어요?"

"사람끼리 서로 못 믿고 세상을 못 믿는 판이오. 누구를 믿겠소. 하나님밖에 믿을 대상이 더 있겠소."

"……."

"따로 하는 일이 없으면 우리를 따라 오시오. 외국 선교사님들이 하는 선교부에 가면 성경공부도 할 수 있고 도움도 받으며 봉사할 수 있어요."

"먹고 자는 문제는요?"

"하나님을 믿고 하나님이 하라는 대로만 하면 됩니다."

찬우는 망설이다가 그들을 따라 선교부에 들어가게 되었습니다.

그리고 거기서 신학을 하게 되고 목사가 되어 교단에서 파송하는 교회를 따라 부산으로 가게 되었습니다. 새로 부임한 부산교회는 가난한 사람들로 우글거렸습니다.

못 먹어서 비쩍 마른 사람, 병든 사람, 노숙자 등 전쟁이 할퀴고 간 걸레 차림의 온갖 인간이 모두 교회에 모여 있었습니다.

공산군이 짓밟고 간 서울은 그렇다 치고 부산은 좀 나을 줄 알았는데 부산 역시 서울같이 가난의 그림자 속에서 벗어나지 못하고 있었습니다.

찬우는 설교 자료가 될 만한 책을 구하기 위해 서점을 찾아갔습니다. 전쟁의 그늘에서 벗어나지 못한 중이라 서점에도 겨우 몇 권의 책이 있을 뿐 초라했습니다. 그래도 이런 서점이 있다는 것만도 여간 다행이 아니었습니다.

서점 안을 둘러보며 책을 찾고 있을 때 여자 주인인지 종업원인지 알 수 없는 아가씨가 다가와 물었습니다.

"무슨 책을 찾으시나요?"

찬우는 눈길을 서가에 던진 채 대답했습니다.

"설교 자료가 될 만한 책이 있을까 해서 찾는 중이지요."

이렇게 말하면서 고개를 돌려 상대를 바라보았습니다. 찬우와 얼굴이 마주친 여자가 갑자기 놀라 입을 딱 벌렸습니다.

오빠하고 결혼할래

"어마!!"

"네?"

찬우도 상대를 보는 순간 눈에 불이 켜졌습니다.

"아니, 너는?"

"오빠, 나 알겠지?"

"수미?"

"맞아, 나 수미야. 오빠 어떻게 여길……."

"넌 어떻게 된 거야?"

"반가워, 우리 저리로 가서 이야기해."

"무모님은?"

"아버지는 도매서점에 책 사러 가시고 어머니는 집에 계
셔. 오빠는 어떻게 여기까지 왔어?"

"그렇게 되었지."

"오빠, 결혼했어?"

"아니, 넌?"

"난 오빠 기다리고 있었어."

"뭐라고?"

"언젠가 오빠를 만날 수 있을 거라고 생각했어. 한 달 전
에 고향에 가서 들었지. 오빠가 서울로 갔다는 말."

"넌 언제나 명랑해서 좋아."

"인생은 즐겁게 사는 것이 유익하잖아. 이왕이면 웃으며

하루는 보내는 것이 찡그리고 보내는 것보다 얼마나 좋아."

"네 말이 맞다."

"오빠, 지금은 어디 살고 있어?"

"차차 알게 돼."

"우리 집에 갈까? 엄마도 만나보고."

"나중에."

"오빠, 어디서 어떻게 사는지 말해 줘."

"나중에."

"안 돼. 난 오빠 따라갈 거야. 옛날에 내가 오빠하고 결혼할래 그랬지? "

"별걸 다 기억하는구나. 나중에."

"나중에, 나중에 그 말밖에 안 배웠어?"

"너 이제 어른이 되었다."

"오빠도 아저씨가 되었는걸."

찬우는 설교의 이론과 실제라는 책을 골랐습니다.

"이 책을 사고 싶다. 얼마지?"

"그 책값 없어."

"얼만데?"

"거저, 거저야."

"장난하지 말고."

"장난 아니야. 오빠한테 무얼 아끼겠어."

"그럼 오늘 외상이다."

이런 만남이 있고 두 사람의 관계는 옛날보다 더 성숙한 교제가 되었습니다.

수미는 찬우가 교회 목사가 되었다는 것을 알고 안 다니던 교회도 나가고 어른들의 허락을 받고 결혼까지 하여 부부가 되었습니다.

수미 아버지도 찬우의 전도를 받아 교회 장로가 되고 온 집안이 기독교 가정이 되었습니다.

휴전이 되고 전쟁의 위협이 끝나고 몇 년이 지난 다음 수미 아버지는 서울에 큰 서점을 내었습니다. 그리고 찬우도 규모가 큰 교회 담임목사가 되어 서울로 왔습니다.

수미는 성실하게 사모 노릇을 해 주었고 수미 아버지는 장로로 목사 사위를 잘 돕고 있었습니다. 그렇게 하여 수미는 '오빠하고 결혼할래' 하던 말을 이루어 행복한 날을 보내고 있었습니다.

당회장실에 있는 찬우한테 어느 날 초라한 차림의 청년이 찾아와 상담을 청했습니다.

"목사님 드릴 말씀이 있습니다."

말로만 하는 사랑

허름한 차림의 성도가 허리를 꾸뻑했습니다.

"목사님, 심방하실 곳이 있어요."

"어디죠?"

"저기 철도다리 옆 천막집 있잖아요?"

"예."

"거기 아주 불쌍한 사람이 있어요."

거기라면 잘 아는 곳입니다. 거지들이 사는 천막촌으로

어쩌다 가면 숨도 제대로 쉴 수 없어 코를 막아야만 지나

갈 수 있는 빈촌입니다.

그건 동네도 아닙니다. 세상에는 없어야 할 동네가 거깁

니다. 거기로 심방을 가자는 것입니다. 싫지만 거절할 수

가 없었습니다.

"그럽시다, 그런데 오늘은 약속이 있어서 안 되고 다음

주일에 갑시다."

"감사합니다, 목사님."

그 성도는 허리를 있는 대로 숙여 인사를 하고 돌아갔습

니다. 개척 교회 같았으면 그 시간에 당장 허겁지겁 달려

갔을 테지만 지금은 그게 아닙니다.

다음 주일에 그곳으로 갈 생각을 하니 가기도 전에 손이

코로 갔습니다.

찬우는 오만하다고 스스로를 꾸짖고 회개를 한다고 하면

서도 진심으로 회개가 안 되었습니다. 말로만 '하나님 죄송합니다' 하고 변명을 할 뿐.

일주일은 금방 지나고 약속한 주일이 왔습니다.

예배시간에 둘러보니 그 성도가 와서 한쪽 귀퉁이에 앉아 있었습니다. 그가 오늘은 오지 않았으면 하고 은근히 바라던 찬우였습니다.

'다른 훌륭한 목사님들이 내 속을 알면 당장에 목사직에서 옷을 벗으라고 꾸짖을 테지만 내 진심은 다른 목사님들 같이 고고하지 못하니……'

예배가 끝나자마자 그 성도가 다가오면서 환하게 웃었습니다.

"목사님 안녕하세요? 오늘 말씀에 큰 은혜 받았습니다."

"그러세요?"

"약속하셨잖아요? 오늘이에요."

"예, 기억하고 있습니다."

"감사합니다. 감사합니다."

성도는 좋아서 몇 번씩 허리를 숙여 보였습니다.

찬우는 담담히 그 성도의 뒤를 따라 걸었습니다. 가기 싫은 빈촌, 생각도 하기 싫은 동네를 그 성도가 아내하는 대로 따라 갔습니다.

전동차가 가끔 천둥소리를 내고 지나가고 가물어 바짝 마른 길바닥에서는 흙먼지가 풀썩풀썩 일어나 하늘을 덮었습니다.

서울이 다 포장되어도 거기는 영원히 비포장도로로 그렇게 비참한 사람들 머리 위로 흙가루를 끼얹으리라.

가기 싫은 동네, 설명하기조차 싫은 너절한 천막집 몇을 지나 다 무너져가는 천막집 안으로 성도가 들어갔습니다.

기가 막혀서 주변을 두리번거리자 안에서 불렀습니다.

"목사님, 들어오세요."

찬우는 고삐에 끌려가듯 구부리고 안으로 들어갔습니다. 부엌도 아니고 방도 아닌 낡은 다다미가 깔린 단칸방이었습니다.

알 수 없는 고약한 냄새가 코를 푹 찔렀습니다. 구역질이 나는 것을 억지로 참고 성도가 가리키는 자리로 가 앉았습니다.

천막을 찢고 낸 작은 창으로 빛이 들어와 생각보다 어둡지는 않았습니다.

남자인지 여자인지 알 수 없는 환자 같은 사람이 바닥에 누워 있었습니다. 그 사람을 들여다보았습니다. 희끄무레한 머리는 흐트러져 땅바닥에 깔려 있고 해골 같은 얼굴이 햇빛을 받지 못해서인지 박속처럼 허옇습니다.

피라고는 한 방울도 흐르지 않는 듯 파리하고 백짓장 같

은 얼굴, 벌린 입술 사이로 빠지다 남은 이빨이 빠끔히 내 다보였습니다. 성도가 그를 향해 불렀습니다

"할망, 눈 좀 떠 보셔어."

"누구여어?"

목소리가 여자였습니다.

"천득이가 왔어."

"응. 알았어어. 또 누가 왔어어?"

"우리 교회 목사님이 오셨어어."

"목사님이?"

여자가 눈을 번쩍 떴습니다. 늙어서 주름이 지고 볼 것 없는 얼굴에 눈빛만은 불을 밝힌 듯 동굴처럼 움푹 들어간 속에서 환히 비쳐 나왔습니다.

"하나님 믿고 싶다고 해서 목사님 모시고 왔어어."

"이렇게 추한 곳을 오시게 해서 안 되지이."

여자가 입을 열 때마다 심한 악취가 났습니다. 그 냄새가 집안에 배어서 그렇게 역했던 것입니다.

찬우는 숨쉬기가 거북스러워 입도 열 수가 없었습니다. 방안에는 아무것도 없고 구석에 요강인지 뭔지 하나가 있고 깔고 누운 요와 덮은 이불쪼가리가 전 재산인 것 같았습니다. 사과상자에 그릇이 서너 개, 냄비 하나. 사람이 사는 집이라고는 도저히 믿을 수 없는 짐승 우리 같았습니다.

여자가 목사를 바라보았습니다. 두억시니 같은 몰골에 어울리지 않는 눈빛이 마음을 어지럽혔습니다.

"어디 아프신 데는 없으십니까?"

"아픈 데 투성이지요오. 그러나 말해 무엇하겠습니까아."

귀신도 이렇게는 안 생겼으리라는 생각이 잠깐 스치고 여자 입에서 나는 냄새로 얼굴을 마주할 수가 없었습니다.

성도가 말했습니다.

"할망, 목사님한테 하고 싶은 말 있으면 해애."

성도는 고개를 찬우에게 돌리고 설명했습니다.

"목사님, 이 할망이 보기에는 잘 보는 눈 같지만 아무것도 못 봅니다."

"눈이?"

다 죽은 것 같은 몸에서 오직 살아 있는 것은 눈이라고 생각했는데 그것마저 눈 뜬 장님이라니!

"아무것도 안 보이십니까?"

"예에. 저는 송장입니다."

찬우는 무슨 말을 해야 할는지 잠시 말이 막혔습니다.

착한 이웃

찬우는 안내해 온 성도에게 물었습니다.

"이 할머니와 성도님은 어떤 사이십니까?"

"아무 관계도 없습니다."

"그런데 어떻게 아셨지요?"

청년 성도는 손짓을 해가면 대답했습니다.

"작년 가을이었습니다. 교회에 갔다가 오는데 이 할망이 저 길바닥에 누워 있지 않겠어요."

"그래서요?"

"그냥 지나가려고 몇 걸음 가다가 갑자기 착한 이웃 바리새인이 생각났습니다. 목사님께서 설교하실 때 착한 사마라이인이 진정한 이웃이라고 강조하시지 않으셨습니까."

찬우는 충격을 받았습니다. 눈은 사팔뜨기에 입은 약간 비뚤어졌어도 마음은 얼마나 반듯한 인물인가 놀랐습니다.

"그래서요?"

"제가 할망을 모시고 이 집으로 왔지요. 이 집은 전에 살던 사람이 죽어 나간 뒤 줄곧 비어 있었거든요. 우리 집으로 갈까 생각했는데 우리 집도 모실만한 방이 없어서요."

"그래서 작년부터 성도님이 돌보셨군요?"

"그렇습니다. 이 할망은 어디서 왔는지 주소도 모르고 이름도 모릅니다. 나이도 모르고요. 게다가 다리마저 제대로 쓰지 못합니다. 누가 여기다 버리고 간 것 같아요. 할망이 그런 것에 대하여는 입을 열지 않으니까 알 수가 없습니다."

성도는 묻지 않는 말을 했습니다.

"이름도 주소도 몰라서 동사무소에서 주는 영세민 구호미도 타먹지 못해요."

"그럼 지금까지 어떻게 사셨지요?"

"제가 우리 집에서 밥과 국을 해다 드렸습니다."

이때 갑자기 심한 악취가 풍겼습니다.

"목사님 잠깐만 나가셨다가 오세요. 할망이 똥을 쌌어요. 하루에 한 번씩 이 시간이면 꼭 부드득 합니다."

성도는 신문지를 펴들고 노인의 이불을 들쳤습니다. 대변 냄새가 심하게 터졌습니다.

"목사님, 잠깐이면 됩니다. 나갔다 오세요."

찬우는 심한 갈등을 느꼈습니다. 그러나 악취를 이기지

못하여 밖으로 나왔습니다.

잠시 후 성도는 신문지를 둘둘 싸들고 나와 옆으로 흐르는 개천 물에다 집어던졌습니다. 그리고 잠시 문을 열어 공기를 바꾼 후 불렀습니다.

"목사님 들어오세요."

찬우는 내키지 않았으나 안으로 들어갔습니다. 그리고 생각했습니다.

'강단에서 사랑을 외치는 내가 아닌가. 내가 누군가? 아, 나는 누구인가?'

"일 년이나 이렇게 모셨습니까?"

"네. 그런데 무엇보다 이럴 때가 가장 힘들었습니다."

"그러셨겠습니다."

"이 할망은요, 정신은 말짱합니다. 가끔 마음에 내키면 어렸을 적 재미있던 이야기도 들려주십니다. 그러면서도 고향이 어딘지 이름이 무엇인지 가족이 있는지 없는지는 가르쳐주지 않습니다."

노인은 보이지 않는 눈을 감았습니다.

"할머니, 이름이 어떻게 되십니까?"

노인은 고개를 저었습니다. 주소와 가족에 관해 물었으나 허사였습니다.

이때 성도가 몇 마디 아는 대로 말해 주었습니다.

"이 할망은요 아주 부잣집 딸이었대요. 그런데 전쟁이 나서 산골로 피란을 갔다가 거기서 아주 잘난 총각을 만나서 사랑을 했답니다. 휴전이 되자 그 총각을 부모님이 서울로 데리고 와서 자기 집 인쇄공장에서 일을 시키다가 두 사람이 사랑하는 것을 안 아버지가 그 총각을 내보냈답니다. 그리고 자기는 아주 부잣집으로 시집을 갔지만 남편이 못된 사람이라 집을 나와 방황하면서 옛날 사랑했던 총각을 찾아 헤매다가 결국 거지가 되고 말았답니다."

청년 성도는 노인이 끼고 있는 반지를 가리켰습니다.

"저 반지 보이시지요? 저 반지가 바로 그 총각과 사랑의
정표로 끼고 있던 반지랍니다. 저 할망, 옛날 추억을 말할
때는 얼굴이 밝아지고 말도 아주 힘 있게 합니다. 그렇게
사랑했는데 부모님의 반대로 이루지 못한 사랑이 가슴에
못이 박혔답니다."

할망이 금반지가 반짝거리는 손을 저으며 청년의 말을
단호히 막았습니다.

"너 더 이상 입 열지 마. 그건 내 비밀이고 꿈이야. 괜한
소리 말라고."

"알았어, 할망. 그렇지만 내가 거짓말 하고 있는 것은 아
니잖아?"

청년 성도는 그래도 한 마디는 더 했습니다.

"저 할망 보기에는 백 살 노인 같지만 실제 나이는 오십이 조금 넘었습니다요."

찬우는 더 이상 말을 들을 수가 없었습니다. 그리고 지난 과거를 회상했습니다.

'6.25때 우리 고향으로 피란 와서 알게 된 사람……. 그렇게도 배꽃같이 예쁘던 사람이 이 사람이라니……. 나는 그의 부모님 덕으로 서울로 왔고, 목사가 되고……. 저 반지는…….'

금반지의 비밀

찬우는 잊었던 기억을 떠올리며 아득한 옛일을 회상하고 있는데 성도가 자기 소리를 했습니다.

"목사님, 이 할망 올 겨울까지 그냥 여기다 두면 이젠 얼어 죽습니다. 그래서 목사님을 모시고 왔습니다. 교회에서 도와드릴 수 없습니까?"

찬우는 멈칫하고 생각을 했습니다.

'도와주어야지, 저 불쌍한 사람을 버려둘 수는 없어, 그

러나 내가 비록 목사이긴 해도 교회에서 내 맘대로 할 수
는 없다. 당회에 안건을 올려 동의를 받아야 한다. 장로
집사들이 입으로는 주여주여 용서하고 사랑합니다 하고 입
이 닳도록 말하면서도 행동으로는 인색한 것이 인심이다.
나만 해도 저 청년 성도만 못한 것이다. 우리 집에는 햇볕
드는 빈방도 있고 먹을 것도 남아돈다. 그러나 그것마저
제공할 용기가 나지 않는 것을 어떻게 설명할까?'

찬우는 억지로 사랑이 넘치는 얼굴로 말했습니다.

"성도님의 말씀을 고려해 보겠습니다."

"꼭 좀 도와주세요. 목사님께서 말씀만 하시면 잘 되지
않겠습니까?"

"알겠습니다."

찬우는 할망을 들여다보다가 덮개 밖으로 삐져나온 깡마
른 손가락을 발견했습니다.

가느다랗고 앙상한 뼈가 나무젓가락같이 처져 있고 그
손가락에 어울리지 않게 가느다란 금반지가 끼어 있었습니
다. 금반지는 변색되지 않고 반짝거렸습니다.

'저 금반지……!'

찬우는 또 금반지를 보며 생각에 잠겼습니다. 청년 성도
가 대답을 기다리는 듯 입을 열었습니다.

"목사님, 왜 그렇게 가만히 계셔요?"

"아, 네."

찬우는 잠깐 꿈을 꾼 듯 옛 생각을 하다가 성도의 말에
현실로 돌아왔습니다. 송장 같은 손가락에 감겨 반짝거리
는 금반지 빛이 가슴에 박혔습니다.

"목사님, 이 할망 도와 줄 수 없을까요?"

"생각해 보지요."

"세상 사람들은 참 인정이 없어요. 어려운 사람을 돌보

아주어야 한다고 하면서도 자기는 안 하고 남이 해주기를 바랄 뿐……. 모두가 그런 것 같아요."

찬우는 그의 말에 더 할 말이 없었습니다. 갑자기 지금 까지 심방을 하지 않아서 이 성도가 어디서 어떻게 사는 사람인지도 몰랐습니다.

"성도님은 어디 사신다고 하셨지요?"

우리 집엔 하나님도 안 오실 거예요

"저는 이 동네에 살고 있습니다."

"그래요? 오늘은 성도님 댁도 심방하고 싶은데 괜찮을까요?"

"아닙니다. 목사님 같으신 분은 오실 곳이 못 됩니다."

성도는 정색을 하면서 사양했습니다.

그것으로 보아 얼마나 살림이 어려울까를 짐작할 수 있

었습니다.

"왜 그런 말씀을 하시지요?"

"아닙니다. 저는 지금까지 아무도 저희 집에 오지 못하게 했습니다. 그런데 목사님이 오신다면 말도 안 됩니다."

"그렇지 않아요. 그간 너무 바쁘다 보니 한 번도 심방을 못했어요."

청년 성도는 손까지 저었습니다.

"아닙니다. 목사님은 오실 곳이 절대 못 됩니다."

찬우는 그가 사양하는 것을 물리치고 심방하겠다고 못을 박았습니다.

그러자 청년은 이렇게 말했습니다.

"정히 그러시다면 어쩔 도리가 없습니다. 흉은 보시지 마세요. 목사님 같은 분들은 훌륭한 장로님이나 집사님 댁에나 심방하는 것으로 알고 있었습니다. 저 같은 사람이 사는 집도 오시겠다니 고맙습니다."

찬우는 잠시 자기반성을 했습니다.

- 이 얼마나 마음 아픈 말인가. 목사가 되어 그 동안 어떤 일을 했던가. 대접받고자 하는 대로 먼저 남을 대접하라는 성경말씀을 얼마나 많이 가르쳤던가.

- 나 스스로 대접 받기는 좋아하면서 남을 대접한 것이 얼마나 되는가?

- 심방한 것도 그렇다. 가난한 이웃을 찾아다닌 것이 아니라 부자만 찾아다니며 융숭한 대접만 받지 않았던가.

- 언제나 부자에게 가서 복을 빌어주고 가난하고 병들어 누운 성도는 돌아보지 않았던 내가 아닌가. 내 마음 바닥이 문제다.

- 선한 말은 많이 하지만 가슴 밑바닥엔 무엇이 있는가. 가난하고 병들어 누운 답답한 환자가 있는 집은 가고 싶지

않다는 거부감이 틀어잡고 있지 않았던가.'

찬우는 누더기 같은 움막집을 나오며 누워 있는 노인의 얼굴에서 눈을 돌렸습니다.

청년 성도는 노파를 향해 내일 또 오겠다고 큰소리로 말했습니다.

성도는 약간 모로 걷는 습관이 있었고 입도 비뚤어지고. 모두가 한쪽으로 비틀린 몸이었습니다. 그렇지만 그의 신앙은 깊어 보였습니다.

청년이 같은 동네라고 해서 바로 이웃인 줄 알았더니 두 정거장이나 멀리 떨어져 있었습니다.

철길을 따라 한참 가니 언덕에 판잣집들이 굴 껍데기처럼 다닥다닥 붙어 있었습니다.

그가 자기 집이라고 가리키는 집은 대문도 없고 마당도 없었습니다.

판잣집을 줄달아 지어 놓고 아파트 복도의 문이 있는 것
처럼 판자문이 줄줄이 붙어 있었습니다.

판자문을 열고 들어가니 거기가 부엌이고 방이었습니다.

그를 따라 컴컴한 방으로 들어갔습니다.

"목사님, 이래서 못 오시게 한 거예요. 우리 집은 하나님
도 안 오실 거예요. 그래서 제가 하나님을 찾아다니지요."

성도는 그렇게 말하고 히히하고 웃었습니다.

이 얼마나 진솔한 고백인가. 어려움 속에서도 하나님을
찾아다닌다는 그의 믿음이 진실한 믿음이 아닐까.

"목사님, 저는 이래도 행복합니다. 동회에서 쌀과 돈을
주어서 사는 데는 지장이 없습니다. 그런데 그 할망은 그
것도 안 되는 걸요."

"가족은 어떻게 되십니까?"

"아내와 아들이 있습니다."

"다들 어디 갔습니까?"

"아내는 식당에 나가 허드렛일을 하고요, 아들은 교회에 갔습니다."

"우리 교회에 나옵니까?"

"아니지요. 바로 옆에 동네 교회로 갑니다. 거기 목사님 은 주일마다 예배를 마치면 학생들을 데리고 봉사를 갑니 다. 우리보다 더 어려운 사람들을 도우러 가지요."

찬우는 또 충격을 받았습니다.

'이보다 더 가난한 곳이 더 있다니! 나는 왜 모르고 있었 을까. 모르고 있었던 것이 아니라 외면하고 살았던 것이 진심이 아닌가.'

바로 이때 옆집에서 부부싸움이 났습니다. 언성이 높아 지더니 우당탕 치고받는데 여자 넘어지는 소리와 함께 이 쪽집 벽이 쿵하고 울렸습니다.

판자로 칸을 막고 사는 이웃들입니다. 여자가 넘어지는 소리가 나더니 이내 조용해졌습니다.

가만히 들으니 그들이 하는 소리도 들려왔습니다. 술에 취한 부부가 욕을 퍼부으며 서로 죽으라고 저주합니다. 청년이 민망해 하는 얼굴로 말했습니다.

"목사님, 놀라셨지요? 이 동네는 원래 그래요. 먹고 할 일 없으니까 싸우는 게 일이에요."

"저러다가 다치면 어쩌지요?"

"다치는 것쯤은 아무것도 아니지요. 치고받으면 안 다칠 수 있나요. 서로 손해지요. 그래도 싸워요. 저는요 이렇게 살아도 부부 싸움은 하지 않고 살아요. 제 아내는 제가 하는 말은 절대 순종하거든요."

"성도님은 어떻게 이웃 교회를 두고 우리 교회처럼 먼 곳으로 나오시게 되었나요?"

"이유를 말하자면 창피하지요. 더군다나 목사님께 말할 수는 없습니다."

"이해해 드릴 테니 말씀해 보시지요."

"처음에는 동네 교회를 갔지요. 몇 년 다니다 보니 사람들 얼굴도 알게 되고 인사도 하게 되었는데요. 주보에 헌금하는 사람 명단이 나오지 않아요? 거기에 제 이름을 올릴 수가 없었어요. 남들은 십일조도 몇 만원씩 내는데 저는 낼 수가 없었지요."

"그랬군요."

"그래서 아무도 알아보는 사람이 없는 큰 교회를 찾아간 것이 목사님 교회였습니다. 지금도 십일조나 감사헌금은 못해도 주일 헌금만은 정성껏 드리고 있습니다. 그러나 교회에 나가면 아무하고도 인사를 하지 않습니다. 얼굴 알려지는 것이 싫어서입니다."

찬우는 그 진심을 알고 그를 잡고 하나님께 축복해 주실 것을 간구하는 기도를 드리고 집에서 나섰습니다.

자기도 그렇게 어려우면서 더 어려운 사람을 돕는 그 마음이 그리스도의 마음이 아닌가.

* 여기 나오는 농촌 배경과 사건은 1950년대 극히 빈곤했던 당시의 실화입니다. 현재 한국 실상과는 많이 다르기 때문에 픽션으로 오해하기 쉽지만 사실입니다. 지엔피 76불의 한국이 3만 불의 한국으로 성장한 현재는 세계가 놀라는 기적의 나라가 된 것입니다.

가슴에 묻은 사랑

찬우는 성도가 말하는 할망 생각에 혼돈스러웠습니다.

'나는 무엇인가? 저 가난한 성도보다 무엇이 낫단 말인가. 거룩은 꾸며도 속사람의 오만과 욕심은 무엇으로도 가릴 수 없지 않은가.'

이런 생각이 마음을 떠나지 않았습니다.

다음 날 사무실에서 심방계획을 하고 있는데 그 성도가 노크를 하고 왔습니다.

"안녕하세요, 목사님?"

"예, 어서 와요. 무슨 일로 이렇게 나오셨나요?"

성도는 굽실거리며 말했습니다.

"목사님 저는요, 어저께 목사님과 헤어진 뒤에 많은 반성을 했습니다."

"무슨 반성하실 일이 있었나요?"

"괜히 우리 동네 교회 흉을 본 것 같아서요."

찬우는 의아해서 물었습니다.

"그게 무슨 흉입니까?"

"그렇게 생각해 주시니 감사합니다, 목사님."

"또 다른 용건은 없고요?"

찬우는 할망에 관해 무슨 말이 더 나오려나 기다렸습니다. 그런데 의외로 종이 한 장을 내밀며 말했습니다.

"목사님, 저는 우리 동네 교회에 나가면서 이렇게 생각했습니다. 이런 생각을 하였으니 하나님한테 죄를 회개해야지요?"

"그게 뭡니까?"

그가 내민 종이에는 이런 글이 씌어 있었습니다.

〈하나님 만나러 교회에 가서 하나님은 못 만나고 사람만 보고 왔네 사람이 무서워서 교회를 못 가겠네

사람은 떠들어대는데 하나님은 입을 다무시고

사람이 조용해야 하나님 말씀이 들릴 것 같은데

사람들 목소리가 하나님 목소리를 가리네

나만이라도 입 다물고 조용해야지

내 목소리가 하나님 목소리보다 크면 안 되니까〉

청년 성도는 머리를 긁적이며 기울어진 턱을 올리며 말

했습니다.

"목사님 제가 문제지요?"

"……."

찬우가 대답을 하지 않자 청년이 딴 소리를 했습니다.

"목사님, 할망 도와주시는 방법이 없을까요?"

"생각 중입니다."

"목사님, 그 할망 손가락에 끼워 있는 반지 보셨지요?
다 죽어가면서도 그 반지는 날마다 손으로 문질러서 반짝
거립니다. 그 반지를 문지르면서 뭐라고 하는지 아세요?"

"……?"

"그 할망 말은, 그 반지가 아니었으면 벌써 죽었을 거
래요. 옛날에 사랑했던 사람을 이제는 만날 수도 없고 만
나도 눈이 멀어서 볼 수 없으니 만나나마나지만 그래도 반
지를 만지면 행복하다네요. 히히히."

"······."

"목사님, 제가 쓴 글을 하나님이 보셔도 괜찮을까요?"

"괜찮아요."

"그럼 됐습니다. 이것은 하나님 대신 목사님께 드리겠습니다."

청년은 그 종이를 두고 일어섰습니다.

"목사님 안녕히 계세요. 다음 주일에는 야고보서 2장 3절 말씀을 설교해 주세요. 목사님 설교 들으러 오겠습니다."

청년이 가고 난 다음 찬우는 청년이 왜 야고보서 2장 말씀을 보라고 했는지 궁금하여 성경을 펼쳐 읽었습니다.

"내 형제들아 영광의 주 곧 우리 주 예수 그리스도를 믿는 믿음을 너희가 받았으니 사람을 외모로 취하지 말라. 만일 너희 회당에 금가락지를 끼고 아름다운 옷을 입은 사람이 들어오고 또 더러운 옷을 입은 가난한 사람이 들어올 때에 너희가 아름다운 옷을 입은 자를 돌아보아 가로되 여기 좋은 자리에 앉으소서 하고 또 가난한 자에게 이르되 너는 거기 섰든지 내 발등상 아래 앉으라 하면 너희끼리 서로 구별하며 악한 생각으로 판단하는 자가 되는 것이 아니냐. 내 사랑하는 형제들아 들을찌어다. 하나님이 세상에 대하여 가난한 자를 택하사 믿음에 부요하게 하시고 또 자기를 사랑하는 자들에게 약속하신 나라를 유업으로 받게 아니하셨느냐"

찬우는 성경 말씀이 자기를 꾸짖는 말씀으로 들렸습니다. 성경을 마음에 새기면서 스스로 회개하는 마음을 다듬었습니다.

말씀을 새기고 있는 중에 청년이 할망이라고 부른 이름이 떠올랐습니다.

'그 이름은 윤민자…….'

찬우는 겸손한 마음으로 청년의 부탁대로 야고보서 말씀으로 주일 설교를 마치고 교회 장로님들과 제직회를 열었습니다.

"오늘 말씀대로 우리 교회에는 살아있는 믿음을 가진 청년이 있습니다. 그 청년의 마음씨 고운 행함을 보고 듣고 가만히 있을 수가 없습니다. 예수님의 말씀대로 불쌍한 이웃을 돕는 것은 우리의 사명입니다."

이렇게 제안하여 동의를 받고 청년 가족과 할망 윤민자를 교회 사찰 건물에 들이기로 했습니다. 그리고 청년은 사찰집사를 도와 교회 허드렛일을 하며 장님이 된 윤민자를 가족처럼 돌보게 하였습니다.

그렇게 하였지만 아름다웠던 추억과 가슴속에 숨긴 아픔은 지울 수가 없었습니다. (끝)